데린쿠유

데린쿠유 2 (큰글씨책)

초판 1쇄 발행 2020년 3월 25일

지은이 안지숙
펴낸이 강수걸
편집장 권경옥
펴낸곳 산지니
등록 2005년 2월 7일 제 333-3370000251002005000001호
주소 부산광역시 해운대구 수영강변대로 140 BCC 613호
전화 051-504-7070 | 팩스 051-507-7543
홈페이지 www.sanzinibook.com
전자우편 sanzini@sanzinibook.com
블로그 sanzinibook.tistory.com

ISBN 978-89-6545-039-9 04810
978-89-6545-037-5 (세트)

* 책값은 뒤표지에 있습니다.
* 이 도서의 국립중앙도서관 출판예정도서목록(CIP)은 서지정보유통지원시스템 홈페이지(http://seoji.nl.go.kr)와 국가자료공동목록시스템(http://www.nl.go.kr/kolisnet)에서 이용하실 수 있습니다.(CIP제어번호: CIP2020011479)

안지숙
장편소설

데린쿠유 ②

큰 지하도시에 틀어박히면
어떤 위협에서도 무한정 멀어질 거야

산지니

차례

납치되다

두 사람이 현수 양쪽에 붙어 섰다.

"왜, 왜요? 왜 이래요?"

"알 텐데? 같이 좀 가야지?"

같이 가자는 말에 놀라 현수는 뒤로 두 걸음 물러섰다. 중년이 어깨동무를 하듯 현수의 어깨에 팔을 두르고 앞으로 밀었다. 어깨를 잡아 누르는 악력이 셌다.

"저 새끼는 하여간."

현수 옆에 붙어서 걸어가던 가죽잠바가 웅얼거렸다. 찻길에 세워둔 매그너스가 경적을 두 번 짧게 울렸다. 가까이 가자 운전석에 앉은 남자가 피우고 있던 담배를 창밖으로 던졌다.

"차 안에서 담배 피우지 말라니깐. 형 때문에 내가 폐렴 초기요, 초기."

잠바가 투덜거리며 뒷문을 열자 중년이 현수의 등을 밀었다. 오버액션을 하려고 한 건 아닌데 발이 어디 걸리면서 현수는 뒷좌석에서 모로 쓰러졌다. 중년이 조수석으로 가서 앉았고, 현수 옆에는 잠바가 들어와 앉았다.

"어딜 가는 건데요?"

현수가 물었다. 목소리가 떨렸다. 쫄기는. 중년의 말에 잠바와 운전석 남자가 웃었다.

"뚱땡이, 우리가 지금 어딜 갈 거 같으냐?"

중년이 현수를 돌아보며 물었다. 그걸 내가 어떻게 아냐고 깐죽거렸다간 호통을 들을 것 같아 현수는 입을 다물었다.

"가서 조금만 맞자. 너도 한 짓이 있으니까 이해하지?"

가슴이 철렁할 소리에 현수는 이게 웬 조폭영화의 한 장면인가 싶었다. 설마 뉴스로 뜰 사건이 생기지는 않겠지. 내가 무슨 죽을죄를 지은 것도 아닌데. 현수는 벌렁거리는 가슴을 진정시키려 애썼다. 운전석 남자가 라디오에서 흘러나오는 노래를 흥얼거렸다.

덤덤덤덤… 심장의 떨림도 날뛰는 기분도 맘대로 되질 않죠. 덤덤덤덤…

성대를 좁힌 가성의 노랫소리가 현수의 신경을 긁어댔다.

현수는 지푸라기를 잡는 심정으로 휴대폰에 깔아놓은 만세력을 열었다. 오늘은 병진일(丙辰日)이었다. 경술이 이 꼴을 봤으면 날 받아놓고 죽을 구멍을 팠냐고 야단쳤을 것이다. 계수(癸水) 일간인 현수에게 병진(丙辰)은 힘을 빼앗아 가는 기운이었다. 가뜩이나 극신약인데 병화 불기운에 힘을 소진하고 진토 흙무더기에 극 당하면서 묻힐 수도 있는 운이었다. 일운은 영향력이 없다는 경술의 말을 떠올려도 위로가 되지 않았다.

차에서 내리자마자 중년과 잠바가 다시 현수 양쪽에 섰다. 팔목을 잡거나 어깨에 팔을 걸친 것도 아닌데 걸음이 엉겼다. 생김새만 험상궂은 게 아니라 풍기는 기운도 사나웠다. 내가 오늘 제삿날 받았나 보다. 엮이면 사망이라던 안 감독 말이 머리를 스쳐 가면서 현수는 울고 싶은 심정이었다.

"송후보 데려올까요?"

4층에서 엘리베이터 문이 열리자 운전석 남자가 중년에게 물었다.

"뭐하고 자빠졌는지 가봐."

운전석이 고개를 까딱하고는 복도 오른쪽으로 급히 걸어갔다. 중년과 잠바는 운전석이 걸어가는 반대 방향으로 현수를 밀었다. 일자로 길게 이어지는 복도를 걸어가다가 〈대로기획〉 명판이 붙은 문 앞에서 멈췄다. 잠바가 문을 열고 중년과 현수가 들어가도록 기다렸다. 중역용 책상에서 전화를 하고 있던 남자가 현수를 힐긋 보았다. 중년과 잠바가 소파로 가서 앉았다.

"너도 앉아."

중년이 맞은편 소파를 턱으로 가리켰다.

"네."

현수는 시키는 대로 고분고분 가서 앉았다. 으리으리하긴 한데 싸구려 느낌이 나는 소파에 앉아서 현수는 사무실을 둘러봤다. 산세비에리아와 난초가 있고, 책장도 있는 보통의 사무실이었다. 책장에는 파일폴더와 연감, 연설문 작성법, 성경, 회사 연보, 화집과 미술관련 책자가 대중없이 꽂혀 있었다. 갖춰놓은 구색이 선거사무실 같지는 않았다.

“야가 가가?”

보스가 상석의 소파에 앉으면서 물었다.

“네, 대표님.”

형님이 아니고 대표님이란다. 현수는 조금 안도했다.

“최실장아, 가서 송후보 오라 캐라. 이 자식이 전화를 안 받는다.”

대표가 잠바한테 한 말 같은데 중년이 대답했다.

“데리러 갔어요. 계약서는 받았습니까?”

“말을 안 듣는다. 뺀질뺀질거리면서 보골을 채우네.”

“밀어붙여야 되는 거 아닙니까? 확 조지면…….”

확 조진다는 말에 현수는 움찔했다. 대표가 현수를 힐긋 보았다.

“착하게 생겼구마는 그런 짓을 와 하는데. 이름이 민현수라고?”

개인 노트북에서 작업하면 이게 문제다. 한밤중에 피시방까지 가자니 귀찮기도 했고, 설마 아이피 추적까지 하겠나 싶어 그냥 올린 게 잘못이었다.

“그래 민현수야, 니가 뭣 때문에 그런 짓을 했는지 기승전결로다 풀어봐라.”

현수가 어떻게 나오는지 구경이나 해보겠다는 태도로 대표가 말을 꺼냈다.

"솔직하게 불어. 까불면 쥐도 새도 모르게 발라주는 수가 있다."

맞은편 소파에 앉은 중년이 표정을 구기면서 말했다. 이 사람들 성질을 건드리면 안 될 것 같아 현수는 순진한 표정을 고수한 채 입을 열었다.

"그런 소문이 있더라고요. 누가 글을 올려놔서 보니까 재밌길래……."

"아아, 그런 소문이 다 있던갑네."

대표가 호들갑스럽게 놀란 표정을 지어 보였다. 딱 봐도 음흉스러운 데가 있는 영감이었다.

"네, 심심해서 몇 개 긁어서 올려본 거예요."

"김 이사, 최 실장, 들었나? 야가 지금 심심해서란다."

대표의 말에 중년이 웃었다. 잠바는 터미네이터처럼 표정에 변화가 없었다. 현수처럼 아르바이트 중인가. 그렇다면 혹시 주먹 용역? 그쪽으로는 생각하고 싶지 않은데, 의심을 하자 이상한 점이 눈에 들어왔다. 벽에 붙어 있는 대형 태극기는 뭔지 모르게 이상했다. 해피트리와 뱅갈고무나무로 가려져 잘 보이지 않지만 바닥에 부려놓은 각목도 수상하긴 마찬가지다.

"니는 그런데 우리도 모르는 그 소문을 어데서 보고 들었노?"

대표가 물었다.

"어디서 본 거 같아요. 웹서핑하다가 우연히……."
"새끼가 헛소리는."
갑자기 중년이 엉덩이를 떼고 일어나 현수의 머리를 내리쳤다. 퍽, 소리와 함께 눈앞이 핑 돌았다. 몸무게 덕분에 옆으로 넘어가지 않고 자세는 유지했다. 중년은 앞으로 몸을 뺀은 채 현수를 치고는 자세가 흐트러지면서 팔을 허우적거렸다. 시발, 중년이 소파에 털썩 앉으며 현수를 째려보았다.
주먹으로 한 대 맞고 나자 희한하게 겁이 사라졌다. 현수는 내가 어쩌다 이런 말도 안 되는 상황에 들어와 있는지 몹시 억울하다는 표정으로 중년과 대표를 번갈아 보았다.
"그라지 말고 불어봐라. 누구한테 들었노?"
대표가 아무 일 없었던 것처럼 부드럽게 물었다.
"웹서핑 하다가 봤는데, 제가 살 좀 붙여서 써본 거예요. 진짜요."
"이 새끼가 사람 열 받게 만드네."
중년이 벌떡 일어나더니 뱅갈고무나무 쪽으로 걸어갔다. 설마, 하는 눈으로 현수는 중년을 좇았다. 바닥에서 각목 하나를 집어 든 중년이 현수를 꼬나보면서 다가왔다. 눈빛이 번들거렸다. 도망가야 한다. 하는 생각뿐, 현수는 몸을 움직일 수가 없었다.
"지금 뭐하는 겁니까?"
그때 문이 열리면서 송찬우가 들어섰다. 잠바가 일어서서 현수를 가리키며 말했다.

"송 후보님, 아침에 말씀드렸던 그 친굽니다. 돈 떼먹고 오리발도 이 친구가 올렸습니다."

송찬우가 인상을 썼다.

"애는 왜 데려와요. 제발 일 시끄럽게 만들지 맙시다."

송찬우는, 세라보다 네댓 살 위라고 들었던 것 같은데, 훨씬 젊어 보였다. 소파로 걸어와서 앉는 동작도 젊은 사람처럼 날랬다.

"이 사달을 만든 당사자가 누군데 그런 소리를 해쌓노? 아무튼 야는 우리가 알아서 할 거고, 왔으니 그거나 마무리 짓자."

대표가 자기 책상으로 가더니 서류봉투를 갖고 왔다.

"한 글자도 보탠 거 없이 송 후보가 말한 그대로다. 볼 거도 없다. 고마 사인해라."

대표의 손에 있던 봉투가 현수를 지나쳐 송찬우 앞에 놓였다. '대로기획 김학도 대표'. 송찬우를 검색하다가 본 이름이었다.

"천천히 합시다. 천천히. 아직 선거 초반입니다. 쇠코뚜레도 커가는 거 봐가며 뚫는답디다."

송찬우가 발성 좋은 목소리로 말했다. 현수는 옆에 앉은 송찬우를 힐긋 돌아보았다. 연출이 아니라 연기자 출신이라고 하는 게 더 어울릴 외모였다. 송찬우가 현수의 어깨를 툭 쳤다.

"그만 일어나. 같이 가자."

현수보다 대표의 반응이 빨랐다.

"뭔 소리 하노. 가다니, 어딜?"

"제가 데리고 가서 이야길 해보죠. 걱정은 마시고."

"걱정은 염병. 하루 종일 코빼기도 안 비치더마는 한다는 소리 하고는. 송후보 니 내한테 이라믄 안 되지."

"에헤 참, 우리 대표님, 혈압 생각 안 하고 또 열 내신다. 어련히 알아서 할까 봐. 좀 믿으세요."

송찬우가 능청스러운 말투로 김학도 대표를 달랬다. 대표가 끙, 하고 앓는 소리를 내며 손을 들었다. 뭔가 할 말이 더 있다는 손짓 같은데, 못 본 척 송찬우가 자리에서 일어났다. 뭐하냐. 송찬우의 말에 현수는 얼른 일어나 송찬우 뒤를 따라갔다. 밉살스럽다는 듯 현수를 노려보는 중년을 지나쳐 사무실 밖으로 나오자 안도의 한숨이 나왔다.

*

"다친 데는?"

송찬우가 물었다.

"괜찮아요."

한 대 맞은 걸 가지고 쫀쫀하게 굴려면 조목조목 따져야 할 텐데 귀찮았다. 끌려올 때 겁먹은 것에 비하면 쉽게 풀려난 것 같아 화도 안 났다.

"나쁜 사람들은 아닌데 일하는 게 두서가 없어. 대체로 화가

들이 이게 안 좋아."

송찬우가 손가락으로 자기 머리를 툭툭 쳤다.

"저 사람들, 화가예요?"

"어, 왜?"

"아니, 각목도 있고……."

저 사람들이 화가라니, 듣고도 믿기지 않았다. 현수를 대하는 태도도 거칠었고, 바닥에 부려져 있던 각목들은 몽둥이 대신 쓰기에 알맞은 길이였다.

"그거? 아트 컨테이너 전시에 쓰려는 것 같던데, 샘플을 갖다 놨겠지. 최실장이 일은 꼼꼼하게 해. 괜찮은 친구야."

송찬우가 엘리베이터 앞을 지나쳐 걸어가며 말했다. 각목 들고 설치는 화가들이 퍽도 괜찮겠네. 현수는 찬우 뒤를 따라가며 콧방귀를 뀌었다. 그나저나 내가 왜 이 사람을 따라가고 있는 거지, 하는 생각을 하면서도 발이 저절로 움직였다.

"저기, 송찬우 후보님 맞으시죠?"

알고 있지만 확실하게 하고 싶었다.

"그래, 너는 민현수고. 강세라하고는 죽 연락을 했었나?"

"아뇨. 그런 건 아니고……."

"그런 게 아니면, 어떻게 세라의 아바타가 됐지?"

현수는 걸음을 멈췄다. 송찬우를 졸졸 따라가고 있는 자신에게 갑자기 짜증이 났다.

"그런 것까지 굳이 말하고 싶지 않은데요."

현수의 까칠한 말투에 찬우가 요것 봐라, 하는 눈길로 현수를 힐긋 보았다.

"그런데, 나이가 어떻게 되나?"

찬우가 물었다.

"저는, 스물… 서른인데요."

대답을 해놓고 현수는 침을 꿀꺽 삼켰다. 찬우는 건성 고개를 끄덕이고는 다시 걸음을 옮겼다. 현수는 황당했다. 누군가 나이를 물을 때면 습관적으로 제 나이와 두 살 많은 나이를 동시에 떠올리기는 했다. 그래도 지금처럼 죽은 명수의 나이를 입 밖에 낸 적은 없었다. 송찬우 같은 사람한테는 사소한 것이라도 자기 패를 보여서 좋을 게 없다는 선입견이 작동했던 모양이다. 어쨌거나 이 남자는 같이 살던 여자와 자식을 내팽개치고 전세금을 챙겨서 튄 전직 양아치였다. 강산은 쉽게 변해도 천성은 변하기 어렵다. 지하실에 세 들어 살았던 장씨 아저씨가 거래처를 두고 평가할 때 자주 썼던 말이었다.

"서른이라. 서른이면 무슨 띠지?"

찬우가 걸어가며 물었다.

"네? 어, 저 띠요?"

알고 있는 건데도 기습적으로 물으니 순간적으로 헷갈렸다. 12간지에서 두 해 앞의 동물을 떠올리는데 찬우가 걸음을 멈췄다.

"여기야. 들어가서 이야길 하지."

찬우의 사무실은 복도 맨 끝에 있었다. 〈초록지대〉 〈양명문화연구소〉라는 명판 두 개가 나란히 붙어 있었다.

"대로기획하고 같은 층이네요?"

현수가 공교로운 상황을 짚듯이 말했다. 서로 공조를 하는 단체가 같은 층, 복도 양쪽 끄트머리에 위치해 있는 것이 우스웠다. 눈 가리고 아웅, 이라더니. 속담과 함께 꼼지락거리는 새끼고양이를 안고 있는 다솜의 얼굴이 눈앞에 어른거렸다. 이 와중에.

"뭘 그리 넋을 놓고 있나. 들어와."

실내의 공간 크기가 대로기획과 비슷했다. 인테리어도 비슷했다. 책상 세 개가 기역자로 놓여 있고, 백과사전류의 책이 꽂힌 책장과 트로피들, 디귿자로 놓인 소파 세트, 심지어 벽에 붙어 있는 대형태극기까지.

"〈양명문화연구소〉가 뭐하는 데죠?"

〈양명문화연구소〉가 〈초록지대〉의 이중대라고 밝혀놓은 기사를 본 기억이 났다. 무슨 문화단체니 연구소니, 사람들이 떼거리로 모여 왁자하니 일을 도모하는 곳에 현수는 체질적으로 거부감이 일었다.

"뭐하는 데긴. 문화로 사기 치는 데지."

송찬우가 말을 해놓고, 농담이라는 듯 웃었다. 대놓고 사기를 치거나 그러지는 않지만, 빠져나갈 구멍만 있으면 사기도 치지. 대충 그런 의미 같았다.

현수가 검색한 기사들을 토대로 꿰맞추면 〈초록지대〉로 들어온 지원금이 〈양명문화연구소〉로 흘러들어가고 있었다. 〈초록지대〉가 교육 프로그램을 진행하겠다는 기획서를 써서 정부의 관련부처 지원금을 확보하면, 〈양명문화연구소〉와 계약한 문화기획자나 예술가 등 전문가급 인력이 일을 수행하는 것으로 해서 인건비로 돈이 들어갔다. 〈대로기획〉 김학도 대표의 이름을 본 것도 그런 기사에서였다. 김학도라는 이름 옆에 한국미술협회 어쩌고 하는 직책이 적혀 있던 것을 본 기억도 났다.

"문화라고 우기면 문화 아닌 게 있나. 요즘은 좀 재미가 없는데, 한때는 꺼리가 넘쳤지."

세월 좋았지, 하는 투로 찬우가 말했다.

"〈대로기획〉이 〈양명문화연구소〉랑 파트너 회사예요? 선거캠프도 맡은 것 같던데."

냉장고에서 녹차 캔음료 두 개를 가져와서 맞은편 소파에 앉는 찬우에게 현수가 물었다. 문화로 사기 치는 일뿐 아니라 이번 선거도 〈대로기획〉과 손을 잡으면서 험상궂은 화가들이 동원된 듯했다.

"글 보니까 팩트를 잘 추려냈더만. 그럼 대충 짐작했을 텐데?"

찬우가 떠보듯 물었다. 김학도 대표가 송찬우를 두고 왜 뺀질뺀질하다는 표현을 썼는지 알 것 같았다.

"조사는 좀 했죠."

현수는 부러 시큰둥하게 말했다.

찬우가 팩트를 잘 추려냈다고 말했지만, 송찬우가 꾸려가는 시민단체에 대해서는 스케치 정도만 했다. 한꺼번에 너무 많은 내용을 다루는 건 읽는 사람을 질리게 할 것 같았다. 그것도 그렇고 현수 스스로도 시민단체 일에 관심이 없었다. 그런 쪽으로 흥미가 동했다면 〈초록지대〉가 받은 지원금이 특혜에 가깝다고 지적한 신문 기사를 좀 더 파고들었을 것이다. 평소 이런 저런 사이트에 익명의 닉으로 글을 쓰면서 아니다 싶은 건 시시콜콜 걸고넘어지고, 깨알같이 늘어놓는 것을 현수도 결코 싫어하지 않았다. 찬우가 팩트라고 인정한 건 그러니까 세라와의 관계였다.

"그럼, 그게 다 사실인가요?"

"사실이라고 믿고 쓴 거 아닌가?"

찬우가 되물었다. 질문을 되돌리는 식으로 대답을 대신하는 대화만큼 피곤한 것도 없다. 피곤한 대화 상대 앞에서는 말을 줄이는 게 낫다. 답답한 쪽은 현수가 아니라 송찬우였다.

"한 가지 궁금한 게 있는데."

현수는 경계를 늦추지 않고 찬우를 보았다.

"강세라가 현수 군한테 글을 올리라고 시킨 건가. 아니면, 현수 군이 이야기를 듣고 자발적으로 올린 건가."

현수는 눈을 끔벅거리며 잠시 생각했다. 켕기는 게 어느 쪽인지 알게 해주라는 안 감독의 조언이 머리를 스쳤다.

"그게 머… 어느 쪽이든 상관없잖아요."

"상관없지가 않지."

찬우가 중얼거리고는 잠시 침묵을 지켰다. 상관없지 않은 뭔가가 송찬우의 켕기는 점인가. 그를 켕기게 하는 게 뭔지 궁금했지만 경솔하게 굴지 않기로 했다. 두 사람 사이에 끼어들게 된 지금의 상황도 썩 달갑지 않은데, 양다리 걸치듯 찬우의 하소연까지 구구절절 듣다간 정말 빼도 박도 못하게 엮일 것 같았다.

"세라가 민경술 씨를 계속 만나고 있는 건 몰랐어."

찬우가 캔음료로 목을 축이고 나서 말을 이었다. 말의 뉘앙스가 이상했다.

"우리 아버지를 아세요?"

"몇 번 만났지. 〈도레미극단〉 할 때 민경술 씨하고 출판사 사람들 몇이 초대권 들고 공연 보러 왔더만. 민경술 씨는 그 후로도 종종 왔어. 공연 뒤풀이에도 와서 앉아 있고……."

찬우가 현수를 잠시 뜯어보다가 고개를 저었다. 저 제스처의 의미는 뭐지. 경술이 세라와 그렇고 그런 사이였다는 뜻인가.

"지난달에 세라 고모가 우리 집으로 찾아왔어요. 내내 소식을 끊고 살다가 이번에 무슨 일 때문에 연락이 닿은 거라던데요."

경술과 세라에 대한 오해를 내버려둘 수 없어 현수는 사실대로 말했다.

"무슨 일로?"

"그건 저도 잘 몰라요."

세라는 경술을 찾아와서 아이 이야기를 했다. 그보다 먼저 몸이 좋지 않다는 말을 했고, 아이한테 뭔가 해주고 싶다고 했다. 그 아이에게 욕심이 없다고도 했다. 눈을 가늘게 뜨고 쳐다보던 세라의 얼굴이 어른거렸다. 죽기 전에 할 일은 하고 가야지. 차갑고 축축한 우물 속에 앉아서 빠져나올 생각을 하지 못했다던… 세라의 목소리가 날아들었다. 세라의 목소리가 날아와 내려앉기라도 한 듯, 현수는 손바닥을 가만히 들여다보았다. 손이 차갑고 축축했다. 꽃샘추위로 바람이 쌀쌀하고 건조한 날씨였다. 모호하고 아픈 어떤 날카로운 감정이 현수의 가슴을 긁고 지나갔다. 현수가 고개를 들었다.

"세라 고모가 어떻게 지냈는지 궁금하지 않으세요?"

"왜, 세라에게 무슨 일이 있나?"

그런 궁금증 따위는 가져본 적 없는 사람처럼 찬우가 말했다. 찬우의 무심한 얼굴에서 현수는 아무런 감정도 읽을 수 없었다. 자신의 상처에 민감해서 무력해진 자포자기의 무심은 저런 눈빛을 하지 않는다. 현수는 찬우를 마주보며 생각했다. 그는 자신의 욕구에만 길들여져 자괴감이 들어설 여지를 차단해버린 사람이었다.

"세라 고모가 아픈 것 같아요. 많이요."

어렴풋이 어른거리던 어떤 생각의 조각들이 현수의 머릿속에서 자리를 잡았다.

"세라는 젊을 때도 몸이 좋지 않았어. 직장 일이고 극단 일이고 다 깡다구로 버텼지. 열정적이라고 말하긴 좀 그렇고, 뭐든 열심히는 했지."

뭐든 열심히는 했지. 찬우의 말에 현수는 세라를 대신한 듯 모멸감 비슷한 감정을 느꼈다.

"세라 고모가 아픈 데는 아저씨 잘못도 크던데요? 지금 보니 세라 고모가 저한테 왜 이런 일을 시켰는지 알 거 같습니다."

세라를 따라 간 사이버 장례식에서 불곰처럼 포효한 게 학습 효과가 컸던 모양이다. 꾹꾹 누르기만 했던 감정을 드러내는 것이 생각했던 것보다는 쉬웠다.

"그런가."

찬우는 심상한 표정으로 자리에서 일어섰다.

*

냉장고에서 캔커피 두 개를 더 꺼내 온 찬우가 소파의 상석으로 자리를 옮겨 앉았다. 현수는 찬우가 내미는 캔커피를 받아 탁자에 내려놓았다. 캔 커피로 목을 축이며 현수를 보고 있던 찬우가 입을 열었다.

"현수 군은 세라가 날 매장시키고 싶어 한다고 생각하나?"

찬우의 말투가 느긋하게 느껴졌다.

"그걸 왜 저한테 물어요. 아저씨가 세라 고모에게 한 짓을 생각해 보면 답이 나오겠죠."

현수의 반응에 찬우가 눈썹을 치켰다.

"세라는 날 매장시킬 사람이 아냐. 나한테 매년 편지를 보내왔어도 협박 비슷한 말은 단 한마디도 꺼내지 않았어. 기자들 찾아가서 떠든 적도 없고 투서 같은 것도 날린 적 없어."

현수는 멍해졌다. 찬우가 한 말이 얼른 이해가 안 됐다.

"편지요? 무슨 편지… 세라 고모가요?"

현수가 물었다.

"세라가 나한테, 거의 매년, 질기게 편지를 보냈지. 한 번씩 전화도 걸어 왔고."

세라는 26년 전에 헤어졌던 송찬우를 얼마 전 뉴스를 통해 소식을 알게 됐다고 했다. 세라 입으로 그렇게 말한 것을 현수는 똑똑히 기억했다.

"저는… 무슨 말인지 모르겠어요. 이해가 안 돼요."

"내 말이. 그냥 하던 대로 편지나 보내고 전화나 할 것이지, 왜 갑자기 이 법석인지. 소문 듣자니 아이 입양 보내고 혼자 잘 살고 있더만."

괜한 일로 골치를 썩이는 지금 상황이 못마땅하다는 듯 찬우가 쩝, 소리를 냈다.

현수는 생각을 정리할 수가 없었고, 혼란스러웠다. 세라와 송찬우 사이에서 자신이 졸(卒)이 된 기분이었다. 둘 다 천연덕스럽고 뻔뻔했다. 참을 수 없이 기분이 더러웠다. 일 초도 더는 이 사람들하고 상대하기 싫었다. 바로 일어나서 뒤도 돌아보지 말고 나가버리자. 마음먹고도 현수는 그대로 주저앉아 있었다. 용을 쓰는데도 전신이 마비된 듯 몸을 움직일 수가 없었다. 얼굴이 빨갛게 달아올랐다.

"괜찮나?"

현수는 찬우를 돌아보았다. 돌아보려고 했다. 현수는 잘 돌아가지 않는 고개를 빼서 앞으로 숙였다. 어릴 때부터 스트레스를 심하게 받으면 몸이 경직되는 증상이 있었다. 지나가는 사람들이 뒤뚱거리며 걷는 현수를 곁눈질하기 시작한 무렵부터였다. 원치 않는 시선을 받거나 스트레스를 받으면 일단 목이 뻣뻣해지는 증상이 나타났다. 목만 그런 게 아니라 팔다리가 딱딱해지기도 했다. 그럴 때는 누가 근육을 쥐고 비트는 것 같은 통증이 덮쳤다.

"모르겠어요, 대체……."

목소리가 갈라졌다. 세라는 송찬우와 둘이서 풀어야 할 이 일에 왜 굳이 자신을 끌어들인 걸까. 그러지 않아도 되는 일이었다. 그래서는 안 되는 일이었다. 납득할 수 없는 상황 앞에서 현수는 생각이 닫혔다. 마음이 닫혔다. 닫힌 마음속으로 원망과 슬픔이 고여 올랐다. 잠시 물러나나 싶던 사나운 통증이 목과 어깨로 와서 꽂혔다. 저도 모르게 비명이 새어 나왔다. 찬우가 자리에서 일어섰다.

"어디 보자."

찬우가 현수의 등 뒤로 왔다. 찬우가 눈에 보이지 않으니 마음이 불안했다. 결코 호의적일 리 없는 거인이 등 뒤에 서 있는 것 같았다. 거인의 콧김이 정수리에 느껴졌다. 현수는 자신이 숫구멍조차 닫히지 않은 갓난아이처럼 무력해진 느낌이었다. 찬우가 거인의 도끼 대신 단단한 손으로 현수의 어깨를 잡았다. 현수는 움찔했다.

"어이쿠, 이거 완전히 뭉쳤네."

찬우가 현수의 양쪽 어깨를 꾹꾹 눌렀다.

"아파요."

현수가 비명을 질렀다.

"안 되겠다. 이게 돌덩어리지 어디."

찬우가 옷걸이에 걸린 수건을 집어 들더니 냉장고에서 꺼낸 생수를 부어 적셨다.

"혈액순환이 안 돼서 그래. 내가 심장이 안 좋아서 이 분야는 반 의사지."

찬우는 현수가 입은 얇은 패딩을 젖히고 차가운 물수건을 목덜미와 어깨에 얹었다. 가슴이 두둑둑 뛰었다. 으슬으슬한 한기와 함께 날카로운 떨림이 전신을 훑고 지나갔다.

"체질이 나하고 비슷하네. 나도 한때 100킬로가 넘었는데, 죽으라고 뺐지. 우리 같은 체질은 조심해야 돼."

찬우가 빵 반죽을 하듯 목덜미 살을 주물럭거렸다. 딱딱하게 뭉쳤던 어깻부들기가 조금 풀렸다. 두둑거리는 가슴도 조금씩 가라앉았다. 현수는 눈을 감고 호흡조절을 했다. 웁··파! 웁··

파! 물속에 잠기기 직전 숨을 깊게 들이마셨다가 고개를 물 밖으로 내밀면서 파, 하고 내뿜는, 수영을 처음 배울 때 가르쳐 주는 호흡을 2분쯤 했다. 수영은 한 달도 못하고 끊었지만 이때 배운 움파 호흡법이 경련이 일 때 효과가 있다는 것을 알았다. 호흡 덕분인지 몸이 부드러워지면서 어깨에 가벼운 압박통이 느껴졌다. 온기도 함께 느껴졌다. 찬우의 손에서 나온 따뜻하고 부드러운 기운이 현수의 몸으로 스며드는 느낌이었다. 편안하면서도 거북했다. 마음이 뻑적지근했다.

"됐어요, 이제 괜찮아요."

현수가 말했다.

"괜찮긴. 아직……."

됐다니까요. 현수는 몸을 빼서 옆으로 옮겨 앉았다.

"고개를 이쪽저쪽 돌려봐. 돌아가?"

"잘 돌아가네요."

뭔가 미진한 듯 현수의 안색을 살피던 찬우가 자기 책상에 놓여 있던 곽티슈를 가져다주었다. 다시 맞은편으로 가서 앉은 찬우는 현수를 잠시 바라보다가 입을 열었다.

"매년 7월 20일께 세라한테서 편지가 날아왔어. 내가 떠난 이듬해부터 작년까지 거의 매년."

티슈를 뽑아 패딩과 티셔츠의 물기를 찍어내던 현수가 동작을 멈추고 찬우를 보았다.

"별 내용이 없어. 나는 잘 지내고 있다. 당신도 잘 지내기 바란다. 그게 다야. 전화를 걸어서도 마찬가지고. 세라예요. 한마디 하고는 끝이야. 더 무슨 말이 필요하겠냐는 듯 아무 말이 없어. 어쩌라고. 내가 뭘 물어도 대답을 안 해."

찬우는 정말 어이없지 않느냐는 듯 양팔을 벌린 채 손바닥을 위로 들어 보였다. 여자들은 저런 객쩍은 포즈를 좋아하는 걸까. 송찬우에 대한 세라의 집착이 무엇 때문인지는 궁금하지 않았다. 궁금한 건 세라였다. 현수 자신을 통해 세라가 하려는 일이 궁금했다.

"7월 20일이 무슨 특별한 날이었나요?"

"난들 아나. 말을 하든 욕을 하든 속을 털어놔야 말이지. 성격이 희한해. 오죽하면 내가 그런 식으로 달아났겠나."

더 이상 가벼울 수가 없다. 저 사람한테는 세라든 누구든 자기 인생 말고는 아무것도 아니구나. 현수는 조금 전 찬우한테서 느꼈던 온기를 털어내며 생각했다.

"세라 고모가 어쨌는데요."

현수의 퉁명스러운 말에 찬우가 고뇌에 찬 미소를 지었다. 자기 앞에 나타난 이 덩치 큰 골칫거리를 어떻게 달랠지 머리를 굴리는 중이겠지.

"세라가 뭘 어쨌다는 게 아니라… 현수 군이 글에 쓴 것처럼 그 무렵 모든 게 엉망이었어. 개막일이 두 번이나 연기되는 바람에 솔직히 나도 흥이 식었고. 공연 시작하면 빚더미에 앉을 게 불을 보듯 뻔했지. 어차피 안 될 공연이었어."

상황이 엉망인 것하고 세라가 무슨 관계가 있는지, 현수는 찬우가 늘어놓는 말을 알아들을 수 없었다.

"공연을 포기하면서 빚을 안 졌다면 세라 고모한테 빌린 돈은 왜 안 갚았어요?"

당시 상황에서 정확한 팩트는 세라에게서 전세금을 받은 뒤 송찬우가 사라졌다는 사실이다.

"그 돈은 절반 넘게 배우들 페이로 벌써 나갔지. 공연장 대관한다고 계약금 걸고 나니 한 푼도 안 남더만. 그냥 날린 거지."

"어차피 안 될 공연이었으면 진작 포기했어야 하는 거 아닌가요?"

"그렇긴 하지."

찬우가 순순히 인정했다.

"그래도 이왕 마음먹은 거 공연까지 가보자, 의기투합을 했지. 우리가 또 그런 게 있거든. 할까 말까 할 때는 하는 게 답이란 말이지."

"그래서 질질 끌다가 막판에 접었어요? 그것도 하루 전날……."

"그날 민경술 씨가 찾아왔어."

찬우가 현수의 말을 잘랐다.

"리허설을 마치고 단골 파전집에서 한잔하고 있는데 들어와서 내 앞에 앉더만."

"우리 아버지가요?"

"내 앞에 앉아서 대뜸 세라하고 결혼할 생각이 있는지 묻더군."

현수는 입을 다물고 찬우의 말을 들었다. 송찬우 입에서 무슨 말도 안 되는 소리가 나올지 궁금하기도 하고 겁도 났다.

"결혼할 생각도 없으면서 여자한테 그렇게 얹혀살아서 되겠느냐. 그게 남자가 할 짓이냐. 그럴 바엔 차라리 갈라서는 게 낫지 않느냐. 이런 말을 늘어놓더라고. 참내, 처음엔 내 귀가 어찌 된 줄 알았다. 완전히 나를 여자 등쳐먹는 사기꾼 취급을 하더만."

"우리 아버지가 왜요. 말이 안 되잖아요."

현수는 고개를 저었다. 경술은 그렇게 입바른 소리를 남한테 대놓고 하는 성격이 아니었다.

"말 안 되지. 상식적으로 부하 여직원 일에 그런 식으로 나서는 상사가 어딨냐. 세라하고 둘이 각별한 사이였다면 모르지만."

찬우가 네 생각은 어떠냐는 눈길로 현수를 보았다.

경술이 제삼자가 아니라는 말을 하고 싶은 건가. 송찬우 몰래 경술과 세라가 불륜이라도 저질렀단 뜻인가. 현수는 송찬우의 말을 어디까지 믿어야 할지 알 수가 없었다.

"두 분은 왜 결혼을 안 했어요? 아이까지 있었다면서요."

송찬우 말이 사실이라면, 경술이 던졌을 상식적인 질문은 이것밖에 없다.

“상황이 상황이니만큼… 결혼할 여건이 못 됐지. 애시당초 결혼 같은 걸 할 생각도 없었고.”

결혼할 생각이 없었다? 무슨 의미로 하는 말인지 알 수 없어 현수는 멀뚱거리며 찬우를 쳐다보았다.

“처음부터 나는 세라한테 결혼에 뜻이 없다고 선을 그었어. 자취방 방값도 못 버는 연극쟁이가 무슨 결혼씩이나 하려고 욕심을 내나. 세라도 그런 사정을 다 알고 있었고, 결혼 말을 입에 올린 적이 없어. 애 낳고 나서도 마찬가지였고. 그게 빳빳한 자존심 때문인 줄 알았는데… 민경술 씨가 찾아온 걸 보면, 그게 아니었던 거지.”

찬우가 모종의 암시를 담은 웃음을 흘렸다. 현수는 머릿속이 하얗게 비는 느낌이었다.

저 사람 말은 믿을 수가 없어. 자기잘못을 피해 가려고 아무렇게나 떠드는 거야.

세라가 빳빳한 건 경술과의 관계처럼 어떤 믿는 구석이 있어서가 아니었다. 알량한 자존심 때문도 아니었을 것이다. 현수는 세라에 대해 그 정도는 알 수 있었다. 현수가 보기에 세라의 빳빳함은 어떤 태도였다. 허술하고 삐걱거리는 몸을 붙잡는 마음의 뼈대 같은.

“내가 떠나면 자기가 뒷일을 알아서 하겠다고 그러더만. 민경술 씨, 자네 아버지가 말이야. 오해하고 말고 할 게 없었어.”

현수는 인상을 찌푸린 채 찬우를 쏘아보았다. 반박할 말이 없었다. 어쩌면 반박을 하고 싶지 않은지도 몰랐다.

"뒷일을 알아서 하겠다는 건 세라뿐 아니라 아이까지 책임을 지겠다는 뜻인데, 자네 같으면 그 자리에서 무슨 말을 했을 거 같나."

현수가 그 자리에 있었다면 무슨 말을 하기 전에 창피해서 죽었을 것이다. 살면서 남한테 그런 소리를 듣는 인간이 몇이나 되겠는가. 그런 소리를 하는 인간도 현실적으로 있을 것 같지 않았다. 경술이 뒷일을 책임지겠다고 했다는 송찬우의 말은 역시 믿을 수가 없었다. 거짓말은 팩트가 아니라 맥락에서 나오는 법이었다. 경술이 설사 그런 말을 했다 하더라도 그 말을 할 수밖에 없는 다른 맥락이 분명히 있을 것이다.

"민경술, 그자가 결국 내 운명의 키를 돌린 셈이지. 내 앞에서 한참 떠들다 나가는데 기분 참 더럽더만. 그래, 막걸리 한 잔 들이켜고 웃어넘기려고 했지. 그런데 막걸리를 몇 잔째 들이켜도 웃음이 나오질 않더라고. 화도 나지 않았어. 마음이 착 가라앉으면서 얼음장처럼 식데. 세라도 아이도… 마음에서 내려놨어. 다 내려놓고 술집을 나왔어. 소주 몇 병 사 들고 눈에 띄는 여관으로 들어갔지. 거기서 사흘을 처박혀 있다가 지방으로 내려간 거야. 그리고 돌아가질 않았고… 그렇게 된 거지."

"그게, 그렇게 쉬웠어요?"

한마디를 묻는데, 숨이 가빴다. 찬우의 이야기를 듣는 내내 마음이 방향 잃은 파도처럼 출렁거렸다. 지금 찬우는 자신의 모습을 위악적으로 현수에게 보여주고 있었다. 위악이 아니라면 사람이 저럴 수는 없었다.

"세라하고 같이 사는 것보다는."

벌써 오래전에 내린 결론이라는 듯 찬우가 머뭇거리지 않고 말했다.

"모를 거다, 세라하고 같이 사는 게 어떤 건지. 무슨 여자가… 사람 자체가 이해가 안 돼. 먹고 싶은 것도 없고, 하고 싶은 것도 없고, 좋아하는 것도 없어. 불평할 줄도 몰라. 죄 지은 사람처럼 그냥 내 눈치만 보는 거야. 내가 먹고 싶은 게 뭔지 눈치를 보고는 자기도 그걸 먹고 싶다고 하지. 내가 연극을 하니까 연극이 뭔지 쥐뿔도 모르면서 극단을 들락거려. 참 한결같기는 하더라만, 같이 있으면 진절머리가 나. 어떨 땐 무서워. 죽으라면 죽는 시늉까지 하는 거, 그거 사랑 아니거든. 사랑은 무슨, 백 퍼센트 감정적 폭력이지."

"폭력이라는 말을 참 희한하게 쓰시는군요."

현수가 말했다. 세라를 대신해 화를 내고 싶지 않았다. 끓어오르는 감정을 누르는데도 어깨와 등에 힘이 들어갔다. 아무 권리도 없고, 자격도 없고, 욕구도 없는 사람처럼 군다고 해서 아무 권리도 없고, 자격도 없고, 욕구도 없는 사람처럼 취급하면 안 되는 것이다. 그건 배우지 않아도 알 수 있는 거다. 사람한테는 염치라는 것이 있고 상식이란 게 있지 않은가.

"그래서 아저씨는 아무것도 잘못한 게 없다는 건가요? 세라

고모한테 아저씨가 한 짓도 떳떳하고요? 그럼 제가 무슨 글을 어떻게 올리든 별 신경 쓸 거 없겠네요?"

현수는 머릿속에 떠오르는 대로 지껄였다. 한두 번 성질대로 내지르고 나니 입이 풀린 모양이었다.

"그런 말이 아니잖나. 세상에 죄 없는 사람은 없지."

찬우가 말했다.

"그때는 나도 젊고 철없었어. 생각하면 세라한테 미안하지. 그런데 지금 와서 뭘 어쩌겠나. 시간을 되돌릴 수도 없고."

시간을 되돌릴 수 있다면, 저 사람은 다른 선택을 했을까. 그에게 묻고 싶은 말을 고르는데 찬우가 다시 입을 열었다.

"세라한테 가서 전해줘. 나한테 편지를 보내는 것도 좋고 전화를 하는 것도 좋아. 다 좋은데, 인터넷은 곤란해. 알다시피 시민단체 대표라는 게 이미지로 먹고 살잖나. 먹고살 길은 터줘야지. 고양이도 도망갈 구멍 보고 쫓는다는데."

찬우가 자기 진심을 알아달라는 듯 눈에 힘을 주고 현수를 보았다.

"고양이가 아니라 쥐예요."

"뭐가?"

"고양이가 아니라고요. 쥐도 도망갈 구멍 보고 쫓는다고요."

멍한 표정으로 눈을 끔벅이던 찬우가 아, 하고는 맥 빠진 웃음을 흘렸다. 오늘 현수 앞에서 그는 고양이가 쥐를 놀리듯 몇 가지 거짓말을 휭휭 날렸을 것이다. 알고도 날리고 모르고도 날렸을 것이다.

“고양이든 쥐든… 아무튼 현수 군은 내 입장을 이해해줄 수 있겠지?”

현수한테서 긍정적인 답변이 나올 것을 예상하는 표정으로 찬우가 물었다.

“제가 이해한다고 뭐가 달라지겠어요?”

현수는 말끔하게 면도가 된 찬우의 턱을 보면서 말했다. 그는 상대를 설득하지 못할 거라는 불안 따위는 느낄 필요가 없는 척하는 영업사원처럼 굴고 있었다.

“이 일을 자네한테 맡겼잖나. 현수 군이 더 이상 글 올리기 싫다고 하면 세라도 강요 안 할 거야.”

“제가 뭐라고요.”

“세라는 한번 믿기로 했으면 전적으로 믿고 의지하는 여자야. 마음에 들건 안 들건 그냥 자네가 하자는 대로 할 거라고. 결국 모든 게 현수 군한테 달렸어.”

“왜 저죠?”

현수가 물었다.

“뭐가?”

“저한테 모든 것이 달렸다면서요? 그게 왜 저냐고요.”

의아한 표정으로 현수를 쳐다보던 찬우의 표정이 조금 굳었다.

“제가 입양 보냈다던 그 아이여서요?”

세라를 만난 뒤로 계속 머릿속에서 울리던 소리가 저절로 터져 나온 느낌이었다. 현수의 얼굴에 멈춰진 찬우의 눈길이 흔들렸다. 자신이 실제로 그런 소리를 입 밖에 냈는지 현수는 혼란스러웠다.

세라의 사랑법

차 열쇠는 현수의 손에서 겉돌았다. 손에 쥐는 순간 세상을 손안에 쥔 듯할 거라는, 차에 대한 환상은 현수한테 없었다. 환상은 고사하고 면허도 없었다. 열쇠를 건넨 영업맨은 알아듣지 못할 설명을 늘어놓고 돌아갔다.

"아놔, 이거 진짜 가져도 되나."

막 뽑은 신차답게 반짝반짝 빛나는 모닝을 앞에 두고 현수는 난감했다.

"그렇게 고민 되면 우리한테 넘겨라."

안 감독이 현수의 손에서 열쇠를 낚아채더니 운전석으로 가서 앉았다. 현수 앞으로 차가 배달됐다는 소식에 우르르 몰려 내려왔던 철공소 사람들이 차 안으로 들어가 자리를 잡았다. 다솜마저 웹툰과 장편이 앉아 있는 뒷자리로 들어갔다.

"우리, 동네 한 바퀴 돌고 온다?"

안 감독이 경적을 빵빵 울렸다. 차 안에서 사이좋게 붙어 앉은 사람들이 현수에게 손을 흔들었다.

"그러세요, 저는 먼저 올라갈게요."

현수는 심드렁하게 말했다. 다솜과 눈길이 마주쳤지만 현수는 그냥 등을 돌렸다.

철공소로 들어가자 까뮈와 복들이가 야오옹오 야무진 소리로 울었다. 오며 가며 머리와 등을 쓰다듬어 주는데, 현수는 바로 자리에 와서 앉았다. 마음이 갈피가 잡히지 않고 오락가락하는 느낌이었다. 차 한 대를 뽑아준다고는 했지만 이렇게 눈앞에 떡하니 갖다놓을 줄은 몰랐다. 아직 글을 다 올린 것도 아니었다. 일단 경술이 보기 전에 잔소리를 피할 변명을 생각해야 했다. 아니지, 현수는 휴대폰을 꺼냈다. 세라한테 전화부터 해야 할 것 같았다.

"까뮈, 복들이! 조용히 해!"

휴대폰을 든 채 현수가 고양이를 돌아보며 짜증을 냈다. 입가에 까만 테를 둘렀던 막내는 웹툰이 데려갔고, 몸이 온통 새까만 까뮈와 살이 통통한 복들이만 남아 있었다. 막내가 웹툰에게 입양되던 날, 남은 두 마리를 3층 거실에 갖다놨는데 이틀을 보내고 다시 철공소로 돌아왔다. 사주 보러 온 아줌마 한 명이 알레르기가 있다며 기겁을 했고, 경술이 현수를 불렀다.

현수는 경술이 나무판자를 쪼개서 얼기설기 맞춰놓은 고양이 집을 들고 내려와 출입문 왼쪽 구석자리에 놓았다. 현수가 까뮈와 복들이를 안아 들고서 이 애들이 조금 더 클 때까지 철공소에 두면 안 되겠느냐 하니 다들 열렬히 그러자고 했다. 고양이 울음소리가 작업에 방해가 된다고 불평하는 사람도 없었다.

그래도 현수는 입장이 입장인지라 신경이 쓰였다. 물에 불리지 않은 사료를 먹을 만큼 컸으니 지하실에 보내버릴까, 싶었다. 눈에 보이지 않으면 신경 쓸 필요도 없을 것이다.

송찬우 측에 납치됐다 온 뒤로 현수는 신경이 날카로워져 있었다. 늘 들락거리는 위키나 오유에 들어가도 재미가 없었고, 송찬우를 제대로 주저앉힐 사업에 얽힌 뒷조사도 하지 않았다. 세라한테서 몇 차례 걸려 온 전화도 받지 않았다. 다 귀찮았다. 이게 무슨 장렬한 뒷북인지, 현수는 이상하게 억울하고 분한 감정이 속에서부터 자꾸 치받쳤다. 뭔지 모르게 견딜 수 없는 심정이었다. 모든 게 묘연하고 흐릿했다. 도대체 누구를 향한 건지 알 수도 없는 감정이 불끈불끈 치밀 때마다 가슴에 번지는 어릿한 통증이 차라리 반가웠다. 눈에 보이지 않는 것의 존재감을 드러내는 데는 통증만큼 확실한 게 없다.

—맥도날드 행운쿠폰 있는데 같이 가요. 제가 쏠게요.

며칠째 현수가 뚱하게 앉아 있자 어제 오후, 다솜이 카톡을 보냈다. 평소의 현수였으면 속으로 환호성을 질렀을 것이다. 그런데 어제 현수는 카톡으로 간단한 문장 하나만 보냈다.

—죄송해요, 일이 좀 있어요.

기분이 이런데 아무렇지 않은 척 다솜과 웃고 떠들 수가 없었다. 호의를 일언지하에 거절당하고 기분이 나빴을 텐데, 다솜은 어제도 그렇고 오늘도 별다른 내색을 하지 않았다.

"앞좌석이 널널해서 좋네."

"디자인도 이쁘게 잘 나왔구."

동네를 열댓 번 돌았는지 한참 시간이 지난 뒤 사람들이 몰려 들어 왔다. 개부럽다느니, 나도 알바 시켜줄 스폰서 좀 소개해 달라느니 말들이 시끄럽고 거칠었다. 눈살을 찌푸리고 있던 현수는 맨 뒤에 들어오는 다솜을 보고는 인상을 폈다. 현수와 눈이 마주치자 다솜이 앞니를 보이며 웃었다. 어제 일로 삐쳐 있을 거라 여겼던 다솜이 다정하게 웃는 모습을 보자 현수는 감동과 애정이 북받쳐 올랐다. 지난 며칠 자신이 퍽 외로웠다는 생각이 들었다.

"동네 뱅뱅이 도는 건 감질나서 안 되겠다. 현수 네가 정식으로 시승식 해야지. 코스부터 정해 봐."

현수에게 생긴 차는 철공소 공동소유라고 여기는지 안 감독은 싱글벙글 기분이 좋았다. 현수는 까뮈와 복들이 앞에 쪼그리고 앉는 다솜에게서 눈길을 떼고 말했다.

"저 운전면허 없는데, 시승할 사람 있나요?"

면허증 없는 게 창피하지는 않았다.

"면허증이 없다고? 너 군필 아님?"

안 감독처럼 묻는 게 귀찮을 뿐이었다. 그때 다솜이 사료봉투를 안은 채 왼팔을 번쩍 들었다.

"제가 몰아도 돼요? 시승기 써서 단톡에 올릴게요."

안 감독과 박은주, 장편과 웹툰이 동시에 다솜을 보았다. 여기 운전면허 없는 사람 있나. 눈치도 빠른 애가 왜 저래. 다솜에게 허를 찔린 사람들이 일제히 차주인 현수에게 고개를 돌렸다. 어이없다는 표정을 탑재하고 자신을 쳐다보는 눈길들에 현수도 당황했다. 잠시 침묵이 흘렀다.

"거, 현수 차니까 다솜 씨가 운전하는 게 맞지."

별거 아니지만 묘하게 어색해진 상황을 안 감독이 정리했다.

"왜요? 저도 면허 땄어요. 경차 시승체험도 해봤구요."

웹툰이 불평했다.

"네가 양보해. 그런 게 있어."

안 감독이 말했다. 다솜은 웃음을 빼문 채 현수를 보고 있었다. 현수는 갑자기 기분이 가벼워졌다.

그래, 까짓 뭐가 문제람.

결국 세라와 송찬우, 두 사람의 문제였다. 그 두 사람이 어떤 인연으로 얽혀 있든 앞으로 현수의 삶이 달라질 건 없었다. 세라도 송찬우도 현수도 서로에게서 충분히 멀리 와 있었다. 그들이 현수에게 바라는 건 그들 각자에게 필요로 하는 것이지 현수가 필요로 하는 것이 아니었다. 현수에겐 지금처럼 가볍고 평온한 일상이면 충분했다. 생존에 필요한 최소한의 욕심으로 살아지는 무가치하고 무해한 삶, 그런 삶이 줄 수 있는 단순명료한 일상을 깨트리고 싶지 않았다.

"저는 빠질 테니까 다섯 분이 드라이브들 하세요. 강변도로든 오이도 선착장이든 밟고 싶은 대로 밟으시고요."

현수의 제안에 주인공이 빠지다니 말도 안 되는 소리, 라고 외

치면서도 자기가 대신 빠지겠다는 사람은 없었다.

"작업하다가 같이 저녁 먹고 오이도로 출발하자고. 올 때 어두워지면 내가 해도 되고."

"아뇨. 저, 야간운전 자신 있어요."

다솜이 손으로 브이자를 해보였다. 다솜은 겨울 내내 입고 다니던 방한용 조끼를 벗고 카디건을 걸치고 있었다. 연두색 목면 티 위에 폭신한 카디건을 걸친 다솜은 조금 더 여성적으로 보였고, 나이도 조금 더 들어 보였다.

*

"갖다 줘라."

현관으로 들어서는데 거실에 나와 앉아 있던 경술이 말했다.

"어, 어떻게 아셨어요?"

신발을 벗고 들어가며 현수가 물었다.

"주차장에서 동네가 시끄럽게 떠드는데 어떻게 모르냐."

현수는 저도 모르게 피식 콧소리를 냈다. 차 두 대를 앞뒤로 겨우 세울 수 있는 건물 옆 마당을 주차장이라고 표현하다니, 조크로 한 말은 아닐 건데 은근히 웃겼다. 경술이 안경을 코끝에 걸치고 히죽거리는 현수를 빤히 쳐다봤다.

"어찌 된 거냐."

"세라 고모가 시키는 일을 좀 했거든요. 차 한 대 뽑아준다고 했는데, 정말 뽑아줄 줄은 몰랐죠."

"세라가 어떤 일을 시켰는데?"

"그게……."

경술의 물음에 현수는 잠시 머뭇거렸다. 그러나 어차피 알게 될 일이었다.

"양명시 시장후보로 나선 송찬우라고 아시죠?"

경술이 목을 뻣뻣하게 세운 채 현수를 봤다.

"그 사람 과거사를 인터넷에 올려 달라고 해서 올렸어요."

"과거사라고? 두 사람 사이에 어떤 과거사?"

"전세금 떼먹은 거랑……."

"떼먹은 거랑, 또?"

"또, 세 살짜리 아이를 입양 보낸 거랑 그런 거요."

허…

얼척이 없구나. 평소 같았으면 나무라듯 내뱉었을 말 대신 경술은 탄식소리를 나지막이 냈다.

"세라가 그런 이야기를 다 해주던?"

"네, 고모 친구분한테 들은 것도 있고요. 대충 써서 올렸어요."

경술은 미간에 주름을 잡고 아랫입술을 내민 채 아무 말이 없었다. 한바탕 충격의 여파가 지나갔는지 앞으로 튀어나왔던 눈썹이 제자리로 돌아갔다. 경술이 심상한 투로 입을 열었다.

"그래서 차를 줬다… 잘했구나, 아주."

"진짜요?"

경술이 안경을 벗어 탁자에 놓았다.

"송찬우가 시장후보로 나가든 곡마단 단장으로 나가든 내버려둬라. 네가 상관할 일이 아니다. 세라가 너한테… 말을 하려니 기가 다 막히는구나. 여하튼 지금 당장 세라한테 차를 갖다줘라."

"네? 제가 일하고 받은 건데, 왜요."

"왜요?"

"그리고 저 운전도 못해요."

"운전 못하냐?"

"네."

경술이 한숨을 푹 내쉬고는 안방을 가리켰다.

"내 방 가서 휴대폰 좀 가져오너라."

"전화하시려고요?"

"해야지."

"아버지."

송찬우의 의심처럼 경술이 세라에게 딴마음을 품고 있었다면, 아이의 생물학적 아버지는 송찬우가 아닌 경술일 수도 있다. 송찬우한테서 세라와 경술 사이를 의심하는 이야기를 들었을 때는 자기 잘못을 떠넘기려는 수작 같다고 여겼지만, 일말의 가능성은 남아 있었다.

"송찬우하고 아버지하고 두 사람 가운데 세라 고모가 입양 보낸 아이의 친부가 누구예요?"

경술이 뻐끔한 눈으로 현수를 보았다.

"그걸 지금 말이라고 하냐. 헛소리 그만하고 휴대폰이나 가져오너라."

분명 대답을 피하는 눈치였지만, 이런 문제로 경술을 계속 추궁하는 것도 할 짓이 아닌 성싶었다. 눈을 끔벅거리고 앉아있던 현수가 불퉁하게 말했다.

"차를 굳이 돌려줄 건 없잖아요. 사실상 차는 저한테 준 것도 아니고요. 아버지한테 빚진 것을 갚는다는 마음으로 보낸 걸 거예요."

"빚이라니. 세라는 나한테 빚진 거 없다."

"옛날에 송찬우가 써버린 전세금, 아버지가 대신 갚아줬다면서요?"

"허어 참, 별 쓸데없는 이야기까지 다 했는갑네."

경술이 버럭 화를 냈다.

"그걸 빚으로 줬으면 이자까지 쳐서 받았을 거다. 그깟 차 한 대로는 어림도 없다. 세라 애는 나이 먹더니 헛소리만 늘었나."

"빚으로 안 줬으면 그냥 준 거예요? 친오라버니도 아닌데 어떻게 그래요?"

사람 사이를 규정짓는 데 가장 분명하고 확실한 척도는 돈이다. 제대로 돈을 벌어본 적은 없지만 현수도 만고불변의 진리는 알고 있었다. 내 돈을 쓰는 게 아깝지 않다면 그 사람이 내가 사랑하는 사람이다.

"친오라비였으면 세라는 맞아 죽었지. 큰오빠가 나중에 결혼 자금으로 주겠다는 것을 고집을 부려서 전세를 얻어 나왔는데, 그걸 날린 거 알면 세라를 가만뒀겠냐."

"아버지가 세라 고모를 살렸네요."

"부하직원이 곤경에 처했는데 알면서 모른 척을 하냐?"

"부하직원이 남자한테 눈이 멀어서 돈 잃으면 그 돈을 다 메꿔 주나요? 아버지가 다 책임진다면서 송찬우한테 떠나라고 했다면서요?"

경술이 억장이 무너진다는 표정으로 현수를 쳐다보았다.

"전세금을 찾아 쓰고 쫓겨날 처지라는 걸 누가 알았냐. 송찬우 그 엉큼한 자가 입도 뻥긋 안 하니 당연히 몰랐지. 그리고 네가 생각하는 그런… 혹시 세라하고 무슨 일이 있었는지 묻는 거라면, 그런 일, 없었다."

됐어. 여기까지.

경술이 아무 일 없었다고 하면 없는 것이다. 경술한테서 어떤 대답을 듣고 싶었는지, 현수는 제 마음을 솔직히 들여다보기가 겁났다. 경술은 그러니까 바보짓을 한 거였다. 송찬우가 돈을 다 써버리고 홀가분하게 떠날 수 있도록 등을 떼민 것이다. 뒤늦게 그 말을 세라에게 할 수도 없었을 것이다.

"세라 고모 일은 접어라. 차는, 내가 전화로 말 하마."

말을 끝내고 경술이 떨쳐 일어나 방으로 갔다. 현수한테서 어떤 소리가 더 나올지 몰라 서둘러 퇴장하는 것일 텐데, 표정은 자못 살벌했다. 캐묻지 않길 잘했지. 현수는 수첩을 펴놓고 전화 버튼을 꾹꾹 누르는 경술을 보며 생각했다. 심약한 경술을 굳이 괴롭히고 싶지 않았다. 세라와 찬우, 그리고 경술까지 얽힌 관계의 진실을 알아낼 방법은 따로 있을 것이다. 경술은 수화기를 귀에 바짝 댄 채 콧구멍을 벌름거리고 있었다. 호흡이 가쁜지 어깨를 들썩였다. 기색이 심상찮아서 현수는 전화를 끊고 나오는 경술을 보았다.

"세라가 병원에 입원했다는구나."

경술이 말했다.

"아침 출근길에 지하철에서 쓰러져 응급실로 실려 간 모양이야. 입원수속 마치고 지금 병실에 누워 있단다."

"세라 고모랑 통화한 거예요?"

"친구라더라. 자기도 출근하자마자 병원서 연락받고 와 있다면서……."

"병원이 어디래요?"

"병원? 병원이… 어디랬더라. 무슨 의료원이라고 하던데."

경술이 전화가 있는 안방으로 가려다 돌아서며 허둥댔다.

"시립의료원일 거예요. 세라 고모랑 같이 간 적 있어요."

현수는 철공소로 내려와 휴대폰과 지갑을 챙겨 들고 원천지하철역으로 갔다. 지하철을 타고 나서 현수는 주머니에 넣어둔 돈을 꺼내 지갑에 넣었다. 세어보니 8만 원이었다. 같이 가자는 현수의 등을 떼밀면서 경술이 지갑을 열어 손에 잡히는 대로

집어서 건네준 돈이었다.

*

세라의 침대는 출입구에서 가장 먼 창 쪽이었다. 세라는 환자복을 입은 채 눈을 감고 있었다.

"저 왔어요. 의사는 뭐래요?"

링거액을 쳐다보고 있던 정숙이 현수를 돌아보았다.

"영양실조."

"네?"

"영양실조란다. 영양실조."

정숙이 밉살스럽다는 듯 세라를 노려보며 말했다. 세라는 곤하게 잠든 사람처럼 표정이 편안해 보였다.

"일부러 굶은 건 아니겠죠?"

현수가 물었다. 사는 게 시들해졌다고 누구나 죽기로 마음먹지는 않겠지만, 통증을 안고 살아야 하는 입장이라면 모를 일이다. 세라의 통증이 어느 정도로 고통스러운지, 통증을 견디며 사는 게 어떤 건지 현수는 짐작도 할 수 없었다.

"세라가 굶어 죽으려고 한 거 같아?"

정숙이 별소리 다 듣는다는 듯 콧방귀를 뀌었다.

"세라, 그렇게 무른 사람 아니야. 쟤가 언제 몸이 정상이었던 적이 있었게. 어릴 때도 툭하면 손목 발목 무릎 통통 부어올라서는 병원 가서 물 빼내고 했어. 그래도 몸 아프다는 핑계로 뭐 하나 포기한 적 없어. 선생님이 힘들면 주번 빼주겠다고 했는데, 싫다고, 아마 제일 열심히 했을걸. 독해. 얼마나 독한 앤데 죽을 생각을 해."

정숙이 화난 듯이 내뱉는 말을 들으며 현수는 보조침대에 주저앉았다. 땀이 식으면서 등이 선득했다. 병실까지 오는 동안 어지간히 마음을 졸였던 모양이다.

"무슨 놈의 병이 끼니마다 약이 한 사발이다. 약으로 배를 채우니 밥 들어갈 데가 있겠냐고."

정숙이 세라의 가방에서 약봉지를 꺼내 사이드 테이블에 놓으며 말했다.

"저기요."

누가 조심스럽게 부르는 소리에 현수와 정숙이 뒤를 돌아보았다.

"우리 어머니가 지금 막 잠이 들었는데……."

옆 침대를 지키고 있던 여자가 기도하듯 두 손을 맞잡고 죄송하다는 표정을 지었다. 정숙이 턱으로 복도를 가리켰다. 현수는 세라를 한 번 돌아보고 나서 정숙의 뒤를 따라 나갔다.

"배고픈데 일단 뭐 좀 먹자. 현수 조카도 점심 전이지?"

건물 1층으로 내려간 정숙이 로비 한쪽 구석에 있는 롯데리아로 발길을 옮겼다.

"어헛!"

현수가 빅불세트를 시키고 지갑에서 카드를 꺼내자 정숙이 짐짓 호통을 쳤다. 아랫입술을 꾹 물고 나무라는 표정이 친근하게 느껴졌다. 보통의 엄마라면 대부분 저럴 거라고, 현수는 정숙을 뒤따라가며 생각했다. 자식이 어떤 잘못을 저질렀다 해도 초겨울 호수처럼 조용히 차가워져서 마음을 얼리는 엄마는 없을 테니까. 시무룩하게 앉아 있던 현수는 진동패치 소리에 벌떡 일어났다.

"누군 영양실조로 죽어가는데 이렇게 입맛이 당긴다. 살이 안 찔 수가 있나."

정숙이 툴툴거리다 제 몫의 햄버거를 벌써 다 먹어치운 현수를 보더니 손사래를 쳤다. 현수 들으라고 한 말이 아니라는 손짓이다. 정숙은 말을 에두르는 법이 없고 솔직했다. 그래서 현수는 물었다.

"세라 고모가 송찬우한테 계속 편지를 보내고 있었던 거 아세요?"

정숙은 입가를 닦은 냅킨을 내려놓았다. 크게 놀란 표정은 아니었다.

"뭔 짓을 해도 하지 싶었다."

"제가 올린 글을 보고 송찬우 측근 사람들이 절 찾아왔어요. 거기서 송찬우를 만났죠. 저한테 그러데요. 세라 고모가 거의 매년 7월 20일쯤에 편지를 보내온다고. 전화를 걸기도 했고요."

"7월 20일……."

중얼거리던 정숙이 뭔가 생각난 듯 입을 열었다.

"한 번씩 세라가 촛불 켜놓고 청승 떠는 날이 있어. 생일날이나 시월의 마지막 날, 1월 1일 같은 날 보면 촛불 켜놓고 분위기를 잡아. 날 더운 7월에도 그러더니 그날이 그날인갑네. 뭐라더라, 좋건 싫건 자기 인생에 대한 예의라던가."

현수는 휴대폰을 꺼내 앱을 열었다. 자신의 양력생일 날짜를 28년 전 연도로 들어가서 음력으로 변환했다. 7월 20일은 현수의 음력 생일날짜가 아니었다.

"얘기 안 듣고 뭘 보고 있어?"

정숙이 휴대폰 액정화면을 들여다보는 현수에게 물었다.

"7월 20일이… 밸런타인데이나 화이트데이같이 무슨 날인가 해서요."

"날은 무슨 날. 송찬우를 만난 게 그 무렵이었지. 여름방학 앞두고 연극 강사로 왔는데, 그날 애들을 죽 둘러보더니 세라한테 그러더라. 너 내 조연출해라. 네가 제일 잘할 것 같다."

"누구? 세라 고모한테요?"

"세라는 그 자리에서 맛이 갔지. 세라가 걸을 때 몸이 한쪽으로 기운다고 짓궂은 애들한테 15도 기울기니 뭐니 놀림을 받기도 했거든. 그런 애가 연극부 이쁜 애들 다 제치고 총각 강사한테 낙점을 받았으니 말 다했지. 하여간 영리한 인간이야."

정숙이 느낀 대로라면 영리하다기보다 교활하다는 표현이 정확할 것이다.

가을 학예회가 다가오면서 세라는 다른 부원들보다 갑절 바빠졌다. 연습시간이 늘었고, 송찬우를 실망시켜서는 안 된다는 두려움이 세라를 내몰았다. 세라는 다리를 절기 시작했다. 다른 스태프들이 앉아서 쉴 때도 소품을 끌어안고 강당 무대를 오르내렸다. 쟤, 왜 저래. 세라를 흘깃거리면서 아이들은 보기 괴롭다는 표정을 지었다. 다리를 절룩이며 심부름하는 세라를 보면서도 송찬우는 개의치 않았다. 세라가 다리를 전다는 사실을 염두에 두지 않는 게 아니라 아예 모르는 것 같았다.

"송찬우가 떠난 이유 말인데요."

현수가 조심스럽게 입을 열었다. 정숙은 식곤증이 오는지 억지로 눈을 치켜떴다.

"우리 아버지 아시죠? 송찬우는, 우리 아버지가 세라 고모를 좋아해서 자기한테 떠나라고 압박을 했다던데요. 들어보니 그 사람 입장도 이해는 되더라고요. 자신이 친부가 아니라고 오해했을 수도 있고요."

마음에 없는 소리였지만, 현수는 정숙이 혹시 알고 있을지도 모르는 사실을 끌어내고 싶었다. 정숙이 게슴츠레하게 풀렸던 눈을 번쩍 떴다.

"왜? 세라가 다른 남자하고 애를 만들었을 거라고 그래? 내가 듣다 듣다… 와, 진짜 미친놈이네."

정숙이 흥분했다. 배우가 아닌 다음에야 저 정도로 연기를 잘할 수는 없을 것이다.

"세라 고모한테 전세금을 마련해 준 사람이 우리 아버지라면서요. 그 얘기는 들었을 거 아녜요."

"당연히… 근데 가만! 왜 내가 지금 취조당하는 기분이 들지?"

현수가 일단 멈춤의 동작으로 정숙을 바라보았다. 산전수전 공중전을 다 겪은 아줌마를 우습게 봤다간 꿍꿍이속을 털리는 수가 있다.

"그게 아니라, 송찬우가 한 이야길 가만 생각해보니까, 생각할수록 이상해서요. 우리 아버지가 세라 고모를……."

"민경술 씨는 어땠는지 모르지만 세라는 아냐. 현수 조카를 앞에 놓고 할 소리인가 싶다만 참 안타까운 양반이네. 복임 씨 입장에서는 열통 울화통 다 터졌을 거구만."

정숙의 입에서 복임의 이름이 나와 현수는 깜짝 놀랐다.

"우리 엄마도 알아요?"

"글쎄, 설마 그런 말까지 와이프한테 했을라고."

"그게 아니고요. 김 소장님이 이복임, 우리 엄마를 아느냐고요."

"알지. 그 당시 내가 책 방판 때려치우고 보험을 하고 있었잖아. 보험설계사가 보험만 파는 게 아니고 보험설계사를 모집하는 일도 하거든. 세라 덕분에 어떻게 저떻게 알게 됐지."

"세라 고모가 우리 엄마를 소개해줬어요?"

현수가 질린 표정으로 물었다.

"내가 세라 수첩을 달래서 훑어보다가 전화를 했어. 영업하려면 철판 깔아야지. 여자들이 전화 받으면 돈 벌 생각 없냐고 꾀는데, 복임 씨는 안 그래도 일을 하고 싶었다고 하더라고. 초반에 제법 잘했어. 열심히 하는 것 같더니 몇 개월 안 하고 그만뒀을 거야. 오래 뛸 사람 같았는데……."

마음속에서 뭔가가 툭 끊어지는 소리가 들렸다.

복임을 집 밖으로 끌어낸 사람이 세라였구나.

현수는 생각했다.

복임이 보험 영업을 한다고 나서지 않았다면, 그렇다면 모든 게 달라졌을 것이다. 명수가 자전거를 타고 달려가던 모습이 어제 일처럼 생생했다. 따라오지 마. 명수의 목소리가 골목 담장에 튕겨 현수의 귓전에 날아왔다. 명수가 자전거를 타고 달려가는 골목길이 현수의 머릿속에서 뒤틀린 시간을 타고 빙글빙글 돌아갔다. 현수는 틱 증상을 앓는 사람처럼 얼굴을 부르르 떨었다.

"전에요, 사무실에 갔을 때… 소장님이 그런 말씀을 하셨잖아요. 세라 고모가 낳은 애가 미국으로 입양……."

"어, 잠시만!"

갑자기 정숙이 현수의 말을 막으며 휴대폰을 집어 들었다. 문자를 확인한 정숙이 곤란하게 됐네, 하는 표정을 지었다.

"컴플레인 고객이야. 세 시에 사무실로 온단다."

어떻게 이렇게 중요한 질문에 딱 맞춰서 컴플레인 문자가 온 건지, 현수는 울 것 같은 떨떠름한 표정으로 정숙을 쳐다보았다.
"현수 조카가 세라 옆에 좀 있어야겠네. 깨면 약 먹이고……."

*

현수는 쿠키런 게임을 하다 말고 고개를 들었다. 언제 깨났는지 현수를 보고 있던 세라가 미소를 지었다. 혈색이 없이 좀 부은 것 같은데, 표정은 개운해 보였다.
"나 좀……."
세라가 일어나려다 도로 누웠다. 현수는 보조침대에서 일어나 세라 등 뒤에 손을 받쳤다. 등이 워낙 말라서 손과 손목에 등뼈가 맞닿는 느낌이었다.
"어깨 뒤에 베개를 받쳐줘. 물하고 약도 좀 주고."
졸도했다가 깨어난 병실에 현수가 와 있는 것이 당연하다는 듯 세라는 현수를 간병도우미 부리듯 했다. 세라가 이것저것 시키는 게 싫지는 않았다.
"사이드 테이블!"
약봉지를 찾느라 두리번거리는 현수에게 세라가 말했다. 세라는 봉지에 든 약을 손바닥에 부었다. 약이 한 손 가득이었다.
"빈속에 드셔도 괜찮아요?"
현수는 컵에 물을 따라 세라의 손에 쥐여 주며 물었다. 약을 삼키고 난 세라가 현수를 보며 처량하게 웃고는 창 쪽으로 고개를 돌렸다. 언뜻 보였던 빈틈이 세라가 고개를 돌리는 순간 사라졌다. 현수는 왠지 조바심이 일었다.

"봄이구나. 세상에……."

오랜 동면에서 깨어난 사람처럼 세라가 중얼거렸다. 세상이 넘치게 밝고 맑고 눈부셔서 감당하기 벅차다는 듯 목소리가 희미하게 떨렸다. 날씨가 저렇게 맑아도 미세먼지는 매우 나쁨으로 나왔더라고, 스마트폰을 열고 들여다본 정보를 지껄일 것까지는 없어서 현수는 가만히 있었다.

"철공소라고 했나? 현수는 다른 일은 안 하고 계속 거기서 지낼 거야? 나이도 있는데."

세라가 문득 현수를 돌아보며 물었다. 현수는 볼에 바람을 불어 넣고서 어색한 표정을 지었다. 뜬금없는 말을 듣거나 대답이 궁색할 때면 자기도 모르게 그런 표정이 나왔다.

"전 그냥… 말했잖아요. 체질적으로 직장생활이 안 맞아요."

나이 스물여덟에 하는 일 없이 공동 작업실에 틀어박혀 있는 현수를 보면 답답하고 한심해서 누구든 한마디 하고 싶은 모양이다.

"돈 때문에 하기 싫은 일 하면서 사는 것도 싫고요."

"돈이 문제가 아니라… 어디든 들어가서 적응을 하려고 노력을 해보지 그러니. 사람들 신경 안 쓰고 살려면, 직업이 있는 편이 나을걸."

"제 스펙으로는 갈 데 별로 없어요. 대학도 3년제 나왔고, 경력도 없고… 글고 저, 사람들 신경 안 써요."

현수는 좀 퉁명스럽게 말했다.

세라가 현수를 가만히 보다가 고개를 끄덕였다. 그래, 이유가 있겠지. 자신의 간섭이 주제넘은 짓이었다는 듯 중얼거리고는 창밖 매화나무 가지로 눈길을 돌렸다. 고개를 젖힌 세라의 목 뒤로 땡땡이 환자복이 헐렁하게 벌어졌다.

"몸 아픈 거 말이에요."

세라의 야윈 목에 눈길을 둔 채 현수가 조심스럽게 입을 뗐다.

"어릴 때부터 그랬다면서요. 무슨 지병 같은 건가요?"

세라가 현수 쪽으로 몸을 조금 돌리고 선선히 말했다.

"루프스라고, 자가면역질환이야."

"자가면역이면, 스스로 면역을 발휘한다는 뜻 같은데……."

"면역계가 바깥에서 들어오는 나쁜 균을 물리쳐야 되는데, 어디선가 잘못돼서 멀쩡한 세포까지 가리지 않고 공격하는 병이야. 공격을 당한 부위에서 이런저런 증상이 나타나지."

세라의 말을 들으면서 현수는 게임앱의 프로그램을 떠올렸다. 새 영역을 구축하기 위해 자기 영역의 일부를 파괴하는 프로그램도 있지만 시스템 오류로 인한 파괴는 프로그램 작동을 무시하면서 일어난다. 이른바 자살공격 같은 것.

"기계로 치면 시스템 오류네요."

현수가 말했다.

게임을 하다 보면 시스템 오류로 내가 만든 유닛이 나를 공격

하는 상황이 벌어지는 경우가 있는데 흔치는 않았다. 레벨 디자인을 하다가 난이도 조절이 어긋났을 수도 있고 버그를 잘못 만들었을 수도 있다. 최근에도 한번 전쟁물에서 아군유닛이, NPC라고 부르는 중립유닛인데, 외부요인이 전혀 없는 상황에서 아군을 향해 총질을 해대는 것을 본 적이 있었다. 이런 정신나간 유닛이 깜짝 이벤트로 선보인 게 아니면 백 퍼센트 망하는 게임이었다.

"꾸준히 약을 복용하면 괜찮아. 완치는 안 돼도 지연은 시킬 수 있으니 죽을병은 아냐."

생각에 잠긴 현수의 표정을 보며 세라가 말했다.

"약을 먹어도 통증을 없애지는 못하나요?"

"통증약은, 통증 때문에 죽지 않을 정도로만 처방해 달랬지. 스테로이드 부작용을 겪으면서 살고 싶지도 않고… 이왕 겪는 고통, 나를 벌하는 기도라고 생각하면서 그냥 견디고 있어. 멍청하게 살았던 벌은 받아야지."

"아이를 입양시킨 벌 말인가요?"

현수가 물었다. 질문보다도 날이 서 있는 어투에 세라는 놀란 듯했다.

"입양도 그렇고, 내 인생을 망쳐놓은 것도 그렇고……. 죽으면 이런 생각도 안 하겠지."

또 죽는다는 소리다.

"왜 자꾸 그런 소릴 해요. 죽을병 아니라면서요."

현수가 낮게 외쳤다. 죽음, 이라는 말은 현수에게 일종의 금기어였다. 경술과 복임에게도 마찬가지였다. 경술과 복임은 사람이든 동물이든 죽음을 함부로 입에 올리지 않았다. 살면서 한 번이라도 가까운 사람의 죽음을 경험해본 사람이라면 죽는다는 말을 세라처럼 쉽게 내뱉을 수가 없다.

"현수, 성질 있네."

세라가 농담을 했다. 현수는 웃지 않았다. 목숨은 내다 버리는 것이 아니었다. 아이도 내다 버리는 것이 아니었다. 내다 버린 아이에 대해 세라는 아는 게 너무 없었다. 아이가 살아오면서 겪었을 슬픔과 분노와 두려움에 대해 세라는 아무것도 몰랐다. 아무것도 모른 채 송찬우에 대한 집착과 자신에 대한 연민에 사로잡혀 있었다. 자신에 대한 연민과 수치심을 끌어안고 스스로 빠져들어 간 우물 속에 세라는 여전히 갇혀 있었다.

"아파서 누워 있는 사람들은 늘 기도를 해. 너무 아프니까 자기도 모르게 기도를 하지. 살려달라고. 나 좀 살려달라고 매달리는 거야. 기도 대신 나는 생각을 해. 이것도 죽으면 다 끝난다. 이 정도는 내가 견딜 만하니까 견디고 있는 거다. 여기서 더 아프면 죽으면 돼. 괜찮아… 견딜 만해… 통증이 지나갈 때까지 생각하고 또 생각해. 그게 입버릇이 됐어."

세라의 말을 들으며 현수는 볼 안의 살을 깨물었다. 세라의 말이나 행동에 대해 상식적인 잣대를 갖다 댈 수는 없었다. 그녀가 누구든, 어떤 사람이든, 세라는 많이 아픈 사람이었다.

"죄송해요, 저는… 잘 몰랐어요."

"아는 게 이상하지."

세라가 가볍게 말했다.

"근데 언제부터 그렇게 아팠어요? 옛날에 극단에도 있었다면서 그때는 괜찮았어요?"

현수가 물었다.

"그때는 젊었으니까. 여상 막 졸업하고는 양명인쇄소라는 데서 경리로 있었어. 한 번씩 컨디션이 나빠지긴 했어도 크게 아프진 않았지. 서울로 가지 말고 얌전히 살았으면 이 정도까지는 안 됐을지 모르지."

인쇄소를 다니기 시작한 이듬해 가을, 송찬우가 〈극단 길〉에 있다는 소식을 들었다. 알아보니 〈극단 길〉은 연극계에서는 꽤 유명한 극단이었다. 세라는 신문 구인란을 펼쳐놓고 주소가 서울로 돼 있는 회사에 동그라미를 쳤다. 경리 이력서를 보낸 회사 가운데 몇 군데에서 전화가 왔다.

세라는 서울 충정로에 있는 〈곰소출판사〉에 경리로 취직했다. 연락이 온 곳 가운데 〈곰소출판사〉가 〈극단 길〉이 있는 안국동에서 가장 가까웠다. 세라는 회사 일을 웬만큼 익히고 나서 시간 나는 대로 연극공연을 보러 다녔다. 창작극, 번역극, 마당극 가리지 않고 눈에 띄는 대로 들어가서 봤다. 신촌과 명동의 소극장, 대학로에 있는 문예회관을 들락거리면서 아는 얼굴을 마주치기도 했다. 편집부 직원들 사이에서 우리 회사 경리가 연극

광이라는 소문이 날 무렵, 〈극단 길〉에서 연기자와 스태프를 모집한다는 공고가 났다. 세라는 가장 재미있게 봤던 '유리동물원'과 '고도를 기다리며'의 몇 장면을 머릿속에서 재연해본 뒤 소극장 창구에서 받아 온 입단원서를 작성했다.

"이럴 거면 아예 우리 회사에 와서 방판이나 해라. 책을 팔면 수수료라도 먹지."

〈극단 길〉에 스태프로 들어간 뒤 세라가 내미는 예매표를 사 주는 사람은 그래도 정숙밖에 없었다. 그날은 방송통신대 출석 수업 마지막 날이어서 두 사람은 대학로 커피숍을 찾아들었다. 둘 다 서울에서 직장을 다니며 방송통신대학 경영학과에 들어가 공부를 하고 있었다.

"너는 송찬우가 그렇게나 좋으냐?"

정숙의 말에 세라가 입술을 깨물고 웃었다. 정숙이 보기에 세라는 심하게 들떠 있었고, 어딘지 불안하고 위태해 보였다.

"요즘도 술 마시다 너 불러내서 술값 내라고 그래?"

정숙이 물었고, 세라는 킥킥 소리를 내어 웃으면서 고개를 끄덕였다.

"그 인간 그거 너를 아주 밥으로 여기는 거야. 지가 처먹은 술값 밥값을 왜 너더러 내달래. 경리 월급 몇푼이나 된다고. 정신 차려, 이년아."

정숙의 잔소리에도 세라는 키득키득 웃기만 했다.

생계벌이를 갖고 있는 다른 단원들과 달리 찬우는 조연출로 받는 돈 외에 수입이 없었다. 세라는 자신이 찬우에게 해줄 수 있는 게 많다는 점이 오히려 안심이 됐다. 그렇게 일방적으로 빨리는 건 사랑이 아니라고 정숙이 일갈했지만 세라는 귓등으로 들었다.

네가 사랑을 아느냐.

세라는 다만 속으로 반문했다. 아무리 친하다 한들 네가 나의 바닥을 알까, 중얼거릴 때 세라는 좀 비통한 심정이었다. 멀쩡하게 지내다가 무단히 뻣뻣하게 굳어버리는 병신의 몸으로 20대의 여성을 산다는 건 자기혐오의 골짝을 걸어가는 거였다. 비유를 허락지 않는 혐오의 감정으로 세라는 자신의 몸을 바라보았고, 송찬우만이 세라의 혐오에 관심이 없었다. 송찬우는 자기 자신 외에 관심이 없었다. 그는 자신에게 보이는 호의에만 반응하는 사람이었다.

송찬우가 사라지고 난 뒤 세라는 정숙에게 연락하지 않았다. 큰오빠나 올케에게도, 누구에게도 연락하지 않았다. 이미 퇴사해 나온 〈곰소출판사〉 팀장인 경술은 세라를 부득부득 찾아왔다. 그 무렵 병세가 급격히 악화되었고, 경술은 세라를 위해 자신이 할 수 있는 일을 찾아서 했다. 세라가 병원에 가 있는 동안 경술은 아이를 돌봤고, 쌀과 김치를 사다 놓고 연탄을 들여놨다. 세라는 말로 다 하지 못할 정도로 경술에게 고마웠다. 그러나 경술에게 느끼는 고마운 마음을 들여다보면 아무것도 없었다. 아무 감정이 생기지 않아서 고마움보다 미안함이 더 컸다. 경술이 찾아오는 게 부담스럽고 싫었다.

왜 그랬는지, 어느 날 경술이 송찬우의 소식을 굳이 알아내어 전해주었다. 세라는 같이 가자는 경술에게 아이를 맡기고 송찬우를 찾아갔다. 뮤지컬 공연을 무산시킨 뒤 종적을 감췄던 송찬우는 대학선배가 하는 이벤트업체에서 일하고 있었다.

"두 분은 서로 어디서 뭘 하고 사는지 젊은 시절부터 알고 있었던 거네요?"

현수가 불쑥 끼어들었다. 수십 년 만에 그의 소식을 들었다는 식으로 자신을 속였던 세라의 속내가 궁금했다. 세라가 고개를 저었다.

"나를 못 봤을 거야. 강당 뒤에 서 있다가 그냥 나왔으니까."

어떤 여자대학 식품학과 명예교수를 내세워 약인지 건강식품인지 애매한 캡슐제품을 선전해가며 파는 소강당이었다. 세라는 소강당 뒷문으로 들어가 분위기를 띄우기 위해 투입된 레크리에이션 진행자를 보고 있었다. 송찬우는 능수능란하게 진행을 했다. 퀴즈를 맞힌 노인에게 상품을 주기 위해 그가 진행보조를 하는 여자에게 손짓을 했다. 여자가 오른손으로 상품박스를 받쳐 들고 송찬우에게 걸어갔다. 팔꿈치 아래에서 소매를 묶어놓은 뭉툭한 왼쪽 팔이 박스가 흔들리지 않도록 옆을 받치고 있었다. 세라의 눈길이 그 여자에게 가서 오래 멈췄다. 여자가 송찬우를 보는 눈빛이 낯설지 않았다.

세라는 돌아와서 경술의 제안을 받아들였다. 미국에 교환교수로 간다는 경술의 친구 부부는 아이를 입양한 뒤 전세금을 내주었다. 세라는 이사할 엄두를 못 내 그때까지 전세금을 돌려받은 집에서 월세를 내며 살고 있었다. 월세가 밀려 쫓겨날 즈음에 그 돈을 준 것이 선의였는지 거래였는지 구분하는 것은 당시의 세라에겐 별 의미가 없었다. 송찬우가 떠나고 병원을 들락거리면서 세라는 루푸스라는 병명을 진단받았다. 루푸스 환자의 사망률이 지금보다 훨씬 높던 때였다. 병 자체가 어디로 튈지 모르는 공이라고 보시면 됩니다. 병명을 알려준 의사한테서 세라가 처음 들은 말이었다. 언제 고아로 만들지 모르는 환경보다 능력 있고 안정적인 양부모 밑에서 자라는 게 낫다는 경술의 충고를 거부할 수 없었다.

*

"그렇게 된 거네요."

현수가 참았던 숨을 내쉬며 중얼거렸다. 아이가 미국에 교환교수로 가는 양부모를 따라갔다고 말한 건, 지금 눈앞에 있는 현수 때문일 것이다. 현수가 먼저 세라를 친엄마로 인정하고 나서지 않는 한, 세라는 스스로 그 사실을 밝히고 싶지 않은 것이다.

"…어쩔 수가 없었어."

세라가 중얼거렸다. 깍지를 낀 앙상한 손을 비틀면서 세라는 현수의 눈을 피했다. 세라는 눈앞에 현수를 두고서 죽은 명수를 보고 있던 복임과 다르지 않았다. 복임이 그랬듯, 세라 역시 자신이 입은 상처와 통증을 견딜 만한 절망으로 변형시키고, 그것을 곱씹으며 살고 있었다. 통증이 자신을 벌하는 기도와 같다고 했던 세라에게 송찬우에 대한 원망은 자기 스스로에 대한 경멸과 분노를 견딜 수 없을 때 들추어 기어드는 도피처 같은 건지도 모른다. 어쩔 수 없다는 핑계를 내세우면서 결국 아이를 버렸다는 죄책감마저 버릴 수 있는.

"제 친구 중 그런 애가 있어요."

현수가 말했다. 말을 꺼내놓고서 현수는 눈썹을 찌푸린 채 생각을 정리했다. 머릿속보다 심경이 더 복잡했다.

"그 애 말이, 얼마 전에 부모님이 양부모라는 것을 알게 됐대요. 아버지가 큰 수술을 받을 일이 생기는 바람에 알게 됐다는데… 사실은 자기는 진작부터 알고 있었던 것 같대요."

"아무래도……."

세라가 뭐라고 중얼거렸다.

"집이 괜찮게 살아요. 부모님도 되게 자상한 편이구요. 그런데도 한 번씩 냉기 같은 걸 느끼게 되더래요. 왜 그런 것 있잖아요. 따뜻한 물속에서 감지되는 차가운 기운 같은 거요. 처음에는 그게 차가운 건지도 모르다가 어느 순간 알게 되죠. 그렇게, 그냥 알겠더래요. 자기가 있을 자리가 아닌 것 같다는… 조금만 잘못한 게 있어도 이상하게 눈치가 보이고, 가시방석에 앉은 것처럼 불편하고 그랬는데, 그런 자기 마음을 부모에게는 들키고 싶지 않더래요. 그래서는 안 될 거 같아서요."

현수는 빠르게 말을 내뱉고 어깨를 으쓱했다. 세라는 눈을 반쯤 감은 채 조용히 앉아 있다가 뭐라고 웅얼거렸다. 무슨 말을 했느냐고, 현수는 묻지 않았다. 이불 위에 내려놓은, 마디마디 기역자로 비틀린 세라의 손가락을 보고 있다가 입을 열었다.

"송찬우에 대한 복수 말고… 아이가 궁금하고 보고 싶었던 적은 없었나요?"

어떤 기억의 바닥에 가닿은 것처럼 세라의 눈빛이 멀어졌다.

"그런 마음이 왜 없었겠니. 있었겠지."

있었겠지… 말꼬리를 잡아 물으려던 말이 구멍이 숭숭 뚫린 것처럼 마음속에서 부서졌다. 끓던 마음이 바닥으로 가라앉으면서 세라에 대한 반감이 갑자기, 허망하게 사라졌다. 뱃속이 텅 빈 느낌이었다. 텅 빈 뱃속이 현수에게는 슬픈 곳이었다. 현수가 받아온 상처의 중심부는 외롭고 허기진 느낌으로 시작된 슬픔이 무력하게 고이는 곳이었다.

"내 기분이 오늘 다르고 내일 달라. 오늘은 햇볕 속에 몸을 내놓고 있지만 내일은, 아니면 모레는 면도날을 목에 대고 거울 앞에 앉아 있겠지. 아니, 놀랄 거 없어. 그냥 갱년기에 나타나는 조울증이야. 면도날을 진짜 들겠다는 게 아니라 내 기분이 그렇다는 얘기야. 기분이 이런 상태에 접어들면서 아이가 마음에 걸렸어. 어쩔 수 없이… 어쩔 수 없어서 보낸 건데, 내가 정말 어쩔 수 없었나… 머리에서 그 생각이 떠나질 않아. 아이 생각을 하지 않을 때도 내 머릿속 어딘가에는 늘 돌처럼, 단단한 뼈처럼 아이가 박혀 있어. 그게 다 무슨 소용이겠느냐만."

소용이 없긴 하죠. 마음속으로 현수는 중얼거렸다. 소용이 없어진 말들이 현수의 슬픈 시간을 따라 흘렀다. 세라는 자신이 맞게 될 죽음보다 아이가 맞게 될 현실이 더 두렵고 막막했을 것이다. 당장 죽음이 방 안에 들어와 있는 것처럼 순간순간 두려움에 압도되었을 거다. 그러니 아이를 잡은 손을 놓았겠지. 우물 턱을 짚은 손에 힘을 빼버리듯 손에서 힘을 빼고 뛰어내렸겠지. 어둡고 깊은 바닥으로. 더 이상 떨어져 내리지 않아도 되는 곳. 그런데…….

"왜죠?"

현수가 말했다.

"왜 그 아이를 찾으려고 하죠. 저번에 그랬잖아요. 아이에게 해줄 게 있다고."

세라가 고개를 저었다. 현수는 잠자코 세라를 쳐다보았다.

"어느 날 내가 덜컥 죽을지도 모르니까… 사실을 알려줘야겠다는 생각이 들더라. 늦지 않게, 지금도 너무 늦은 거지만… 제 인생에서 뭐가 떨어져 나갔는지 어떤 일이 있었는지 그 애가 알게 해주고 싶었다. 세상에, 내가 해줄 수 있는 게 이것밖에 없어."

세라가 떠듬거리며 이어가던 고백을 그쳤다. 통증에 긁힌 상처처럼 듣기 불편한 세라의 목소리가 현수의 어린 시절로 밀려 들어 왔다. 어긋난 시간들 사이로 스며든 목소리가 현수의 몸 속에 가득 찬 허기를 건드렸다. 서늘한, 질기고 오래된 공백의 감정이 자신을 가득 채우는 느낌이었다. 스스로 만들어낸 환상인 것을 알면서도 그처럼 아프게 바라보았던 게 이것이었나. 주변의 모든 것에서 무력하게 손을 놓고서, 허기진 유령처럼, 벽 너머에 뿌리를 내리고 사는 자신의 다른 모습이었던가.

"아까 그 친구 있잖아요."

현수가 잠긴 목소리로 말을 꺼냈다. 피곤한 듯 침대머리에 등을 기대고 있던 세라가 감았던 눈을 떴다.

"괜찮다고 그러더라고요. 친부모든 양부모든 그런 게 다 무슨 상관인가 싶대요."

"다행이네… 다행이다."

세라가 말했다. 뭔가 더할 말이 있는 듯 현수를 물끄러미 보던 세라가 배를 덮고 있던 이불을 걷었다.

"퇴원해도 괜찮을 것 같아. 현수랑 이야기하는 게 나한텐 약이 됐나 보다."

세라의 말이 진심같이 들리지는 않았다. 현수는 엉거주춤 자리에서 일어섰다.

"휴대폰이 어디 있나. 김 소장한테 차 갖고 오라고 해야겠다."

세라가 주위를 둘러보았다.

"김 소장님 퇴근하고 바로 온다고 했어요. 오실 때 다 됐으니까, 제가 가서 퇴원수속 하고 올게요."

"그럴래? 내 가방 좀 줘봐. 카드 가져가."

"괜찮아요. 아버지한테 병원비 받은 거 있어요."

현수가 주머니에 손을 넣으며 말했다.

"말도 안 되는 소리. 네 아버지가 왜 내 병원비를 내니."

세라가 말했다.

그러게요. 현수는 머쓱하게 서 있다가 세라가 지갑에서 꺼내 주는 카드를 받았다. 경술은 왜 바라지도 않는 사람을 위해 지갑에 든 돈을 있는 대로 털어서 내밀었을까. 낯빛이 하얗게 질린 채 현관까지 따라 나왔던 경술을 생각하자 마음이 좋지 않았다.

"참, 아버지가 고모한테 차를 돌려주래요. 저도 운전에 별로 취미가 없고요."

현수가 말했다. 자신을 낳은 여자에게 냉정해지는 건 마음 아픈 일이지만, 견딜 만했다.

"글고 아프면 진통제 먹어요. 억지로 참고 그러지 마요. 뭐하러 그래요."

꽃을 뿌리다

“우아, 멋지다!”

차가 정자나무 언덕에 올라서자 너른 들을 가운데 두고 둥그렇게 둘러선 마을이 눈앞에 펼쳐졌다. 이 마을을 처음 오는 사람이라면 마을 전체가 한눈에 들어오는 풍경에 다솜처럼 탄성을 지를 만했다.

“저기 저 파란 지붕이죠? 다른 집보다 높아서 금방 눈에 띄어.”

“외할아버지가 흙을 돋워서 집을 앉혔거든요. 지대를 돋우면서 집 앞에 있던 우물자리가 마당 안으로 옮겨졌죠. 파놨던 우물자리는 물웅덩이가 됐고요. 어릴 때 물웅덩이 꿈을 자주 꿨어요.”

현수가 이곳 둔내리를 떠날 무렵에 물웅덩이는 메워졌다. 마을어른들이 들에 갔다 오면서 물웅덩이에 농기구를 씻곤 했는데, 트랙터 같은 기계들이 들어오면서 소용이 없어져서일 것이다. 다솜이 집 가까이 차를 세웠다.

“물웅덩이에 빠진 적 있어요? 물에 빠져서 혼나고 나면 그게 막 꿈에 나타나잖아요."

"내가 빠진 건 아니고… 엄마가 빠졌죠."

꿈속에서 등장하는 물웅덩이에 빠져 있던 사람은 복임이었다. 꿈속에서 현수는 학교에서 돌아오는 길이었다.

현수야… 현수야…

현수는 못 들은 척하고 싶었지만 다른 꿈속에서처럼 이번에도 걸음을 멈추었다. 현수야… 복임이 물웅덩이 안에서 현수를 불렀다. 현수는 무릎에 힘을 주고 복임에게 손을 내밀었다. 복임이 단단하고 억센 손으로 현수의 손을 잡았다.

아악!

물웅덩이에서 끌어올려진 복임을 보며 현수는 비명을 질렀다. 현수의 손을 끌어당기며 다가온 건 복임이 아니었다. 괴물이었다. 현수는 흉측하게 일그러진 얼굴을 힘껏 밀쳤다. 괴물은 암녹색 기름처럼 무겁게 번들거리는 물웅덩이 속으로 떨어져 내렸다. 괴물의 모습이 뜯겨나간 복임이 물웅덩이 속에서 두 팔을 내밀며 현수를 불렀다.

현수야… 현수야…

"엄마가 부르는데 무서워서 웅덩이 가까이 갈 수가 없었어요. 도망갈 수도 없었고요. 엄마는 계속 내 이름을 부르고, 마음이 찢어질 것 같았는데… 엄마가 괴물이라는 것을 아니까 손을 내밀기가 무서웠어요."

다솜이 오른손을 내밀어 현수의 손을 꼭 잡았다가 놓았다. 다솜의 손은 깜짝 놀랄 정도로 따뜻했다. 두 사람은 차 안에 나란히 앉아 파란지붕 집과 물웅덩이가 있던 자리를 보았다.

"그만 가죠. 쭉 가다가 저기 길 끝에 대밭 보이죠. 대밭 사이로 산길이 나 있는데 5분 정도는 차로 올라갈 수 있어요."

현수가 마을 어귀에 있는 대나무 숲을 가리키며 말했다.

"집에 들어가 보지도 않고 바로 암자로 가요?"

"빈집인데 뭐하러요."

"빈집이에요?"

"비어 있어요. 백운사에 오는 보살아줌마들이 요사채에 있는 것보다 편하다고 가끔 자고 가기는 한대요."

"백운사는 이름만 들으면 남자 스님이 거주하는 암자 같아요."

"암자 이름은 자생암이고, 백운사는 절 이름이죠. 산길 오르는 길에 보면 백운사 절이 있어요. 대형 절은 아닌데 찾아오는 사람들이 많대요."

복임한테서 들은 정보였다.

백운사에 크고 작은 행사가 있을 때 복임도 공양간 일을 돕거나 절 안내를 하는 봉사를 했다. 작년 여름 초하루 법회였을 것이다. 복임은 백운사에서 점심공양을 하라며 암자에 와 있던 경술과 현수를 내려오게 하고는 종적이 없었다. 경술과 현수는 비빔밥을 한 그릇씩 먹고 나오다가 걸음을 멈췄다. 물탱크 옆에 늘어선 함지박마다 여자들이 한 명씩 붙었는데, 복임은 첫

번째 함지박 앞에 쪼그려 앉아 맹렬히 그릇을 씻고 있었다. 현수가 보기에 복임은 자생암을 떠날 생각이 손톱만큼도 없었다. 죽을 때까지 독거노인으로 사는 게 싫으면 경술이 결국 이 산골짝 암자로 내려와야 할 것이다.

대나무숲에서 오르막이 시작되는 시멘트길은 돌탑 앞에서 두 갈래로 갈라졌다. 오른쪽 시멘트길은 백운사 주차장으로 이어졌고, 암자로 오르는 길은 포장이 돼 있지 않은 산길이었다. 현수와 다솜은 절 주차장 구석에 차를 세워두고 다시 돌탑 있는 데로 걸어 나와서 산길로 들어섰다. 돌탑에서 자생암까지는 느긋이 걷는 걸음으로 15분쯤 걸렸다. 비탈이 가파른 곳에서 현수는 숨 가쁜 소리를 토해내는데, 다솜은 산토끼처럼 가볍게 오르면서 산매화에 정신을 팔았다.

비탈길이 끝나고 암자가 보이는 평지로 들어서자 저만치서 뭉치가 출렁거리며 달려왔다. 뭉치는 현수의 품으로 뛰어들었다가 다솜을 발견하고는 미친 듯이 꼬리를 흔들었다. 리트리버답게 낯선 사람에 대한 경계심이 없었다. 뭉치가 짖는 소리를 들었을 텐데 복임은 인기척이 없었다. 오후 네 시쯤 도착한다고 했으니 집을 비우고 어딜 가지는 않았겠지. 현수는 크고 작은 장독을 바둑판처럼 정렬해놓은 마당을 둘러보았다.

둔내리 외가에서 같이 살다가 현수와 경술이 양명으로 올라올 때 복임은 본채만 있던 암자를 사들였다. 자생암이라고 스스로 이름을 지어 붙인 이곳 암자에서 복임은 11년째 살고 있었다. 절 나들이 말고는 일 년 내내 이곳에 붙박여 산야초로 효소를 거르고 장아찌를 담았다. 이름만 자생암이지, 암자라기보다는 거의 산야초 농장이었다. 장아찌와 효소는 읍내 오일장에 내다판다고 했다. 오일장에 나갈 때마다 소소하게 수입이 있고, 주변에 널린 게 먹을거리라 생활비가 들지 않을 거 같은데 복임은 경술에게 종종 돈을 부쳐달라고 했다. 이번에 현수가 내려온 이유도 집을 담보로 대출을 해달라는 복임의 요구 때문이었다.

"안녕하세요, 현수 오빠 따라 놀러왔어요. 정다솜이라고 합니다."

후박나무와 산수유나무 사이에 서서 다솜이 허리를 숙이며 인사를 했다. 별당 뒤로 나 있는 산길로 발걸음을 했던지 복임이 불룩한 망태기를 어깨에 둘러메고 마당으로 들어섰다.

"저 왔어요."

복임이 목에 둘렀던 수건으로 옷에 묻은 것을 털어내고 나서 말했다.

"잘 왔다. 별일 없지?"

"네, 머……."

별일 없다는 말이 빈말로도 나오지 않았다. 그러기에는 최근 현수에게 일어난 일의 강도와 여파가 너무 셌다.

"골짜기가 돼놔서, 오느라 힘들었죠?"

복임이 다솜에게 물었다.

"차 갖고 온걸요. 차는 백운사 주차장에 세워놨어요."

"절에 차 세웠니?"

복임이 현수에게 눈길을 돌렸다. 비난하는 듯한, 현수가 보고 싶어 하지 않는 눈길이었다. 차를 세워둘 데가 거기밖에 없다는 것을 복임이 모를 리 없었다.

절 뒤 등산로를 타는 사람들 가운데 차를 끌고 오는 사람들은 누구랄 것 없이 절 주차장에 차를 대놓았다. 시외버스터미널에서 택시를 타고 돌탑 갈림길까지 올 때 기사한테서 들은 말이었다. 기사는 주차비를 따로 받을 거라는 소리는 덧붙이지 않았다. 설사 주차비를 받는다 하더라도 조금 전처럼 비난 어린 눈길을 현수에게 보낼 것까지는 없었다. 그런 짓을 왜 해, 라는 의미를 담고 있는 표정과 눈길은 현수를 대할 때 복임이 저도 모르게 드러내는 습관이었다.

"어머니, 여기 사진 찍어도 되죠?"

다솜이 생글거리며 큼직한 사진기를 들어 보였다.

"뭘 찍을 게 있나."

복임이 중얼거리며 장독간을 둘러보고는 부엌으로 들어갔다.

현수와 다솜은 방 두 개가 나란히 붙은 별당에서 각자 마음에 드는 방을 골라 가방을 던져놓았다. 다솜은 가방을 던져놓고는 나무 울타리로 갔다. 목련 꽃 좀 봐요. 다솜이 가지마다 하얀 등을 매달아놓은 듯한 목련나무 앞에서 현수에게 손을 흔들었다. 현수는 차를 타고 오느라 피곤해진 몸을 방바닥에 철퍼덕

뉘고 싶었지만, 끙 소리를 내며 일어났다.

"저쪽으로 가요, 숲이 너무 예뻐."

근처에 너무 예쁜 숲 같은 건 절대로 없을 텐데 다솜은 아까 복임이 내려왔던 별당 뒷길로 올라갔다. 현수는 하릴없이 다솜 뒤를 좇았다. 같이 가자며 달려온 뭉치가 비탈을 따라 올라오다가 컹 소리를 내고는 도로 내려갔다. 야생초를 채집한다며 복임이 오르내리기는 해도 인적이 드문 산길은 잡목가지가 멋대로 뻗쳐 있었다. 역시나 걷기가 여간 성가시지 않았다.

앗!

발목에 얽힌 덤불을 거둬내고 다솜의 뒤를 급하게 따라붙던 현수가 비명을 질렀다. 다솜이 돌아보며 물었다.

"어디 다쳤어요?"

"아냐, 괜찮아."

현수는 볼을 문지르던 손을 뗐다. 앞서가던 다솜의 옷에 걸린 가지가 뒤로 튕기면서 현수의 얼굴을 때렸던 것인데, 조금만 위에 맞았으면 눈이 아작날 뻔했다.

"저기 머위가 떼로 있어. 우리 저리로 내려가요."

현수는 다솜이 내려가는 쪽으로 발걸음을 재촉했다. 머위 떼가 올라와 있는 비탈을 타고 조금 내려가자 물소리가 들렸다. 해마다 한두 번은 이곳 암자에 왔지만 바윗돌 새로 물이 흐르는 계곡으로는 발걸음을 안 했다. 우물 안처럼 으스스한 계곡의 기운에 현수는 비탈을 도로 올라가고 싶었다. 다솜은 계곡

밑으로 씩씩하게 내려갔다. 현수는 한숨을 쉬고 주춤주춤 걸음을 내디뎠다. 그런데 막상 계곡의 바윗돌 위에 서자 으스스한 느낌이 사라졌다. 청정한 물 냄새와 울울한 나무 숲 냄새가 어우러져서 내뿜는 서늘한 기운이 싫지 않았다.

"여긴 산속이라 금방 해가 지나 봐."

바위 위를 옮겨 다니며 물소리를 듣다 보니 주변이 금세 어둑해졌다. 두 사람은 풀이 누운 길을 밟아 올랐다. 오르다 보니 길이 암자의 채마밭으로 이어졌다. 저녁을 준비하느라 부엌에 있던 복임이 양손 가득 푸성귀를 쥔 다솜을 보고 희미하게 웃었다.

"정말 맛있어요. 뭔데 이렇게 맛있어요?"

저녁밥상에 오른 반찬을 이것저것 맛보며 다솜이 여러 번 탄복했다. 약간 오버한다는 느낌이 없지 않았지만 현수는 다솜의 호들갑스러운 찬사 뒤에 퍼질러 앉아 다른 때보다 마음이 편했다.

"현수는 녹즙부터 마시고 밥 먹어라."

복임이 도톰한 도자기잔을 내밀었다. 현수는 도자기잔에 담긴 걸쭉한 액체를 꿀떡꿀떡 마셨다. 맛은 없었다. 현수가 인상을 찡그리자 다솜도 같이 인상을 찡그리며 복임에게 물었다.

"현수 오빠한테는 녹즙이 좋아요?"

"뚱뚱한 체질에는 녹즙이 맞아요. 다이어트도 되고."

현수가 얼굴을 붉혔다.

“집으로 보내준 거, 믹서기 갈아서 먹고 있니?”

갑자기 화살이 현수에게 날아왔다.

“먹어요.”

머리 위로 화살이 날아가게 고개를 숙인 채 현수는 밥그릇에 산마늘 장아찌와 더덕고추장 장아찌를 듬뿍 얹었다. 밥 먹는 건 어지간히 빼닮았구나. 복임이 중얼거렸다. 경술과 현수가 반찬을 이것저것 밥그릇 위에 올려놓고 먹는 버릇을 두고 하는 말이었다.

저녁을 먹고 나서 현수는 별당에 놔둔 가방에서 위임장을 꺼내 왔다.

“용도란에 내용을 직접 쓰시고 사인하면 돼요.”

위임장 서류를 펼쳐 생강차 옆에 놓으며 현수가 말했다. 다솜은 복임의 만류에도 시골부엌 체험이 중요하다며 설거지를 하는 중이었다.

“인감증명서는 떼놨어. 다른 건 또 뭐가 필요하다던?”

“혹시 모르니 주민증 사본도 갖고 오래요.”

현수가 받아 가려는 위임장은 철공소가 있는 3층짜리 건물을 담보로 은행에서 대출을 받기 위한 거였다. 경술은 투덜대면서도 복임이 달라는 대로 돈을 부쳐주었는데, 이번에 위임장을 보내면서는 속이 타는 눈치였다.

“밭을 더 사면 혼자서 관리가 돼요?”

현수가 물었다.

"바쁠 때는 보살님들이 와서 도와줘. 왜, 너는 내가 밭 사는 게 싫으냐?"

복임이 물었다.

"아버지가 요즘 돈 때문에 스트레스를 받는 거 같아서요……."

"이젠 부적도 좀 쓰시라고 그러렴."

복임이 말했다.

"아버지, 부적 안 쓰는 거 아시잖아요."

철학원이 사실상 부적 장사인데 경술은 11년 전 철학원을 열고 지금까지 한 번도 부적을 쓰지 않았다. 일부러 부탁을 하는 손님한테도 플라시보 효과에 불과하다며 말을 잘랐다. 부적만 쓰지 않는 게 아니라 찾아오는 손님도 하루에 두세 명만 받았다. 예약이 들어와도 받지 않았다. 두세 명 보고 나면 기가 빨려서 뒤에 오는 사람의 명식을 제대로 짚지 못한다는 거였다.

"그래, 늘 혼자 양심적이지."

복임이 말했다. 자신의 어조에서 배어나는 빈정거림을, 비난의 기색을 복임은 모를 것이다. 외가로 들어가 같이 살 때도 언성을 높이지 않는 복임의 말투에는 자주 비난의 기운이 어렸다. 그 기운을 감지하는 건 세 식구 중에 현수뿐인 것 같았다. 옆에서 누가 뭐라고 하건 경술은 한자가 빼곡히 적힌 노트에 코를 박고 한두 달을 지내다 어디론가 휑하니 가버리곤 했다. 경술이 출판사를 그만두고 사주명리 공부를 시작한 건 현수가 열

살을 막 넘겼을 때였다. 복임이 비어 있던 외갓집으로 떠난 것도 그 무렵이었다. 명수 형이 죽고 집안이 무섭게 조용했던 그 무렵.

"네 아버지가 부쳐주는 돈은 써야 할 데 썼다. 저 별당도 달아내 지었고, 영가등도 달고……."

"네, 알아요."

"스님이 해마다 경전 독경을 해주셨잖니. 그게 망자한테 그렇게 좋다는구나."

복임은 명수의 위패를 백운사에 안치해놓고 기일이 되면 경술과 현수를 불렀다. 명수를 위해 원불을 봉안하고 시주를 하면서 복임이 무슨 생각을 하는지 현수는 알고 싶지 않았다. 죽어야 할 아이가 살고 살아야 할 아이가 죽었다는 사실을 바꿔놓을 수 없는 한 복임의 기도는 바뀌지 않을 것이다.

"자식 제사를 맡겨놨는데… 아버지가 돼서 비용을 마련해야지."

말을 마쳤다 싶으면 잠시 후에 다시 잇고, 생각에 잠긴 듯 잠자코 있다 다시 입을 여는 게 복임이 말하는 방식이었다.

"가서 일찍 자거라. 내일 청년회 주관으로 정진 스님을 뫼시고 산화 예불을 드린다는구나. 아침 차려놓을 테니 먹고 법당으로 내려와."

"법당에요?"

현수가 뜨악한 표정으로 복임을 보았다.

"아, 저희 내일 아침에 일찍……."

현수가 말하는 중간에 다솜이 물기 묻은 손으로 들어오며 외쳤다.

"저도 갈래요. 저도 가도 되죠?"

"그럼, 되지."

대답하는 복임의 얼굴에 미소가 비쳤다. 현수는 자신이 아들이 아니고 딸이었으면 좋았을 거라는 생각을 잠깐 했다.

*

기다란 용마루의 청기와지붕 위로 봄 햇살이 반짝반짝 빛을 내며 떨어지고 있었다. 청기와건물이 법당이고, 마당 맞은편에 있는 게 종무소였다. 휴대폰으로 시간을 확인하고 현수와 다솜은 걸음을 재촉했다. 큰 마당으로 들어서자 템플스테이 복장을 한 열댓 명의 사람들이 법당을 향해 달리다시피 줄지어 걸어가는 게 보였다. 현수는 흠칫 어깨를 떨었다.

"왜요?"

다솜이 카메라에서 눈을 떼고 물었다.

"예전에 발우공양 했던 게 생각나서."

비위라면 누구 못잖다고 자신하는 현수지만, 발우공양 설거지한 물은 강적이었다. 발우공양에서는 밥그릇을 혀로 핥았나 싶을 정도로 깨끗이 먹어치운 뒤 할당된 물로 자기가 먹은 그릇을 헹궜다. 커다란 찜통 같은 데 그릇 헹군 물을 모았는데 고춧가루 하나가 물속에 동동 떴다는 이유로 팀원들이 돌아가며 찜통 물을 다 마셔야 했다. 복임이 강요해서 참가했던 그 발우공양 체험은 다시 떠올리기도 싫은 기억이었다.

현수와 다솜은 계단을 나란히 올라갔다. 법당 안에는 서른 명쯤 되는 사람들이 줄을 맞춰 앉아 있는 가운데 경 읽는 소리가 굵직하게 흘렀다. 분위기가 엄숙하고 무거웠다. 잠깐 들여다본 것만으로도 숨이 막혔다. 현수는 댓돌에 올렸던 발을 도로 내렸다.

"현수 오빠, 빨랑 와요."

다솜이 법당 마루에 올라서며 빨리 오라는 손짓을 했다.

목탁을 잡고 경을 외는 스님은 사람들에게 뒷모습을 보인 채 불단을 향해 앉아 있었다. 어제 복임이 말한 정진 스님인 듯했다. 40대 중반쯤 돼 보였는데, 목탁 두드리는 소리가 힘찼다. 현수는 다솜과 함께 문 곁에 서서 눈치를 보다가 구석에 쌓아놓은 방석을 하나씩 들고 맨 뒷줄로 가서 앉았다.

현수와 다솜이 자리를 잡고 앉은 뒤에도 정진 스님은 한참을 뒷모습만 보인 채 경을 읽어나갔다. 한 대목이 끝나는 지점마다 목탁을 탁탁탁탁 두드렸다. 분위기는 계속 엄숙하고 무거웠고, 경은 지루하게 이어졌다. 하품을 참으며 다솜을 돌아보던 현수는 웃음을 뿜을 뻔했다. 마룻바닥에 닿을 정도로 유연하게 몸을 휜 자세로 졸고 있던 다솜이 눈을 게슴츠레 떴다. 어디에 있는지도 잊은 듯 현수를 잠시 보는가 싶더니 또다시 졸기 시작했다.

탁! 탁! 탁!

목탁소리가 갑자기 크게 울렸다. 거북이처럼 묵직하게 앉았던 사람들이 등을 펴며 자세를 추슬렀다. 붉은 장삼자락을 펄럭이며 일어선 스님이 옷매무새를 가다듬고 사람들을 향해 돌아섰다.

"부처님 앞에 꽃을 바치고, 또 오늘 여기 오신 거사님들 보살님들 앞에 꽃을 바치는 예불을 드립니다. 꽃을 받는 보리살타의 마음으로 보례진언을 합니다."

뭐래. 현수와 다솜은 멀뚱하게 앉아 서로 눈짓으로 물었다.

"일어서란 거네요."

다솜이 사람들을 둘러보고는 현수에게 속삭였다.

줄을 맞춰 앉았던 사람들이 일어서면서 굳은 몸을 펴느라 끙, 어쿠쿠 하는 소리가 여기저기서 들렸다. 소란이 가라앉자 스님이 불상을 향해 다시 돌아섰다.

탁! 똑, 또도도…

아까와 달리 이번엔 강약으로 리드미컬하게 목탁을 때리고 나서 경을 시작했다.

아금일신중 즉현무진신 변재삼보전 일일무수례.

낭창낭창 늘어지는 스님의 독경에 이어 사람들이 웅얼웅얼 경을 외기 시작했다.

옴 바아라 믹 옴 바아라 믹 옴 바아라 믹.

옴 바아라 믹을 세 번 외고는 다들 엉덩이를 뒤로 빼면서 허리를 굽혀 절을 시작했다. 아, 싫은데… 현수는 법당 마룻바닥에 이마를 붙이며 투덜거렸다. 다솜은 앞사람 옆 사람 절을 유심히 보면서 열심히 따라 했다. 예불 의식이 재미있는 모양이었다.

예불은 경을 외고, 절을 하고, 다시 경을 외는 식으로 길게 이어졌다. 절과 경이 반복되면서 입 다물고 절을 할 때도 경을 외는 소리가 웅웅 울리는 것 같았다. 법당 안을 흘러다니는 웅웅 소리가 멀어지고, 머릿속이 빈 동굴처럼 휑해진다. 뭐가 보이냐. 누군가 현수에게 말을 건다. 뭐가 보이냐. 현수는 대답한다. 구슬이요. 구슬이 보여요. 검푸른 달처럼 눈앞에 커다랗게 다가온 구슬 안으로 제 어린 몸이 빠져들어 가는 것을 보면서 현수는 말한다.

"이 안에 다이아몬드별이랑 하늘이랑 나무랑 다 있어. 집도 보이고… 저기 골목이 있어."

잠들기 전 형광등에 비춰 보는 구슬 안은 짙고 연한 푸른빛들로 가득하다. 푸른빛의 물결들 사이에서 골목이 일렁인다. 골목 안으로 자전거가 달려간다. 자전거를 타고 달리는 명수는 골목 끝으로 점점 멀어진다. 현수는 명수를 부르며 골목을 달려간다. 골목 끝에서 찻길이 괴물처럼 아가리를 벌린다. 끼이익! 날카로운 소리에 검푸른 빛의 물결이 찢기고, 명수가 구슬 밖으로 튕겨나간다. 명수 형은 부서진 채 눈을 크게 뜨고 현수를 본다. 눈길이 하얘진 복임이 현수를 본다. 현수는 운다. 아아아아 소리를 내어 운다. 복임은 왜 명수가 아닌 현수가 자기 눈앞에 있는지 의아하다. 현수는 입을 다문다. 복임의 눈길은 견딜 수 없이 아픈 것이어서 현수는 자신을 지운다. 슬픔과 원망을 품은 아이를 둘둘 말아서 뱃속으로 삼킨다.

딱! 딱! 딱!

목탁 소리가 들린다.

딱! 딱! 딱!

졸음과 명상 사이에 마음을 내려놓고 푹 가라앉은 사람들을 깨우려는 듯 정진 스님이 목탁을 세게 쳤다. 현수는 잠에서 깼다. 정진 스님 얼굴에 미소가 감돌았다. 앞에 놓인 큰 항아리로 다가간 스님이 허리를 굽히고 안을 들여다보았다. 항아리에는 연분홍 진분홍 진달래 꽃잎이 소복이 담겨 있다. 다솜이 현수에게 속삭였다

"저 많은 꽃잎을 꽃봉오리에서 손으로 하나하나 따서 모았나 봐요."

복임이 하는 절 봉사활동이라는 게 저런 일이었다. 대중법회가 있을 때 점심공양 준비를 돕고 설거지를 하고, 메주를 쑤고, 절에서 먹을 간장 된장을 담고… 몇 달 만에 만난 경술과 현수에게 복임은 굳이 자신의 일상을 미주알고주알 늘어놓았다. 말을 늘어놓을수록 복임은 경술과 현수에게서 멀어졌다.

항아리에서 두 손 가득 꽃잎을 덜어낸 정진 스님이 불단 앞으로 갔다. 불단 주위로 원을 그리듯 걸음을 옮기며 손에 쥔 꽃잎들을 흩렸다. 꽃잎에 영험한 기운이 서려 있기라도 한 듯 사람들은 숨을 죽인 채 스님이 하는 행동을 지켜보았다. 다시 항아리로 돌아온 정진 스님이 양손 가득 꽃을 퍼 담았다. 현수가 보기에 집단최면을 건 듯이 진행되는 산화예불은 제법 그럴싸한 쇼 같았다.

"성불하십시오!"

합장을 하듯 앞으로 고개를 숙이는가 싶던 스님이 양팔을 휙 뻗었다. 와아, 탄성이 튀어 올랐다. 팝콘이 터지듯 공중으로 날아오른 꽃잎들이 사람들 머리 위로 흩뿌려졌다. 쇼에 필요한 극적 연출이었다. 정진 스님이 설법을 시작했다.

"보살님들 거사님들 살면서 마음이 힘들 때가 많으실 겁니다. 그런데 왜 이렇게 마음이 힘들까요. 그걸 알고 싶으면 힘든 마음을 가만히 들여다보세요. 거기 뭐가 보이나요? 억울한 마음이 보이지요. 원망이 보이지요. 이런 마음은 쉽게 가라앉지 않습니다. 나를 이렇게 만든 상대에 대해서 자꾸 화가 납니다. 분노가 일어납니다. 그래서 사는 게 힘든 겁니다. 상대를 이해하려 해도 자꾸 장애에 부딪치고 애를 먹습니다. 나를 괴롭히는 건 상대가 아니라 나 자신입니다. 그러면 어떻게 해야 되겠습니까. 상대를 보지 말고 자신을 돌아보세요. 스스로를 괴롭히는 자신을 마음껏 나무라고, 그러고는 용서하세요. 용서하면 마음이 편해집니다. 내 마음이 편해야 다른 사람을 이해하고 용서하고 자비를 베풀 수 있습니다."

경을 외듯 길게 늘어놓은 설법을 요약하면 대강 이랬다. 고리타분하긴 한데 나름 들을 만한 내용이었다. 줄지어 앉은 사람들한테서 코를 훌쩍이는 소리가 들리고 일순 순연한 감동 같은 게 법당의 공기 속을 흘렀다.

사람들을 흐뭇이 둘러보던 정진 스님이 맨 앞줄에 앉은 사람에게 눈짓을 했다. 템플스테이 복장을 한 세 사람이 큼직한 바구니를 들고 나가 항아리의 꽃잎을 퍼 담았다. 다솜은 스님의 설법에 별 감흥이 없는지 아까부터 눈길이 꽃잎 항아리에 가 있었다.

"뿌리겠죠? 사진 찍으면 너무 이쁠 것 같아."

다솜이 눈을 반짝이며 말했다.

하나, 둘, 셋!

템플스테이 복장을 한 세 명이 입을 모아 나지막하게 외치고는 동시에 손을 뻗었다. 법당이 온통 꽃잎 천지가 되는 걸 보면서 사람들이 소리를 질렀다. 사람들의 리액션에 용기를 얻은 듯 템플스테이 세 명이 각자 사람들 사이로 걸어 들어와 꽃잎을 휘휘 뿌렸다. 사람들 머리 위로 어깨 위로 꽃잎이 떨어졌다. 현수와 다솜은 두 손을 내밀어 떨어져 내리는 꽃잎을 받았다. 다솜이 소리를 내어 웃었다. 현수는 다솜을 보며 웃었다. 웃던 현수는 갑자기 코끝이 찡해졌다. 다솜과 같이 떨어지는 꽃잎을 받으며 웃고 있는 지금 현수는 행복했다.

꽃잎을 뿌리는 것은 우리 자신을 용서하려는 마음의 기도입니다.

정진 스님이 설법 속에서 던진 말 한마디가 뒤늦게 현수의 마음에 와닿았다.

현수는 살아오면서 용서라는 게 가능하다고 생각지 않았다. 현수에게 용서는 인간의 영역이 아니라, 존재하는지 안 하는지 알 수 없는 신의 영역이었다. 용서할 마음이 없었던 게 아니라 용서할 수도 있다는 것을 알지 못했다. 세라가 스스로 유폐된 우물에서 빠져나올 생각을 못 했듯 현수는 자신의 마음속에서 빠져나오지 못했던 것이다.

용서는 심장에서 시작되는 동심원 같아서, 자신을 용서하지 않으면 다른 사람도 용서할 수가 없었다. 통증의 고통을 감내하는 것. 산야초를 거두어 효소를 내리며 노동 속으로 들어가는 것. 아끼는 사람을 위해 긴 세월 연정의 거리를 지키는 것. 어떤 희망도 욕망도 포기한 채 스스로의 존재를 지워온 것. 이 모든 게 실은 자기 자신을 용서하려는 뼈아픈 기도였던지도 모른다. 그 기도의 시간들이야말로 꽃 진 자리를 밟아가는 보리살타의 바람 같은 게 아니었을까, 그런 생각이 안개 속에서 드러난 얼음꽃처럼 현수의 이마를 쳤다.

"움맘마. 징상시럽게 이쁜 것을 본께 겁나게 좋아부러요."

아줌마 보살의 걸쭉한 덕담이 공중으로 날아올랐다. 사람들이 와그르르 웃음을 터트렸다.

"징허게 이쁜 꽃을 먹어도 되고, 밟아도 되고, 뒹굴어도 됩니다. 그렇게 꽃을 받으시면 되는 거지요."

합장하고 서 있던 정진 스님이 마무리 멘트를 남긴 뒤 법당을 나갔다.

스님이 나가자마자 너도나도 휴대폰을 꺼내 들었다. 꽃이 진 자리를 즈려밟는 보리살타보다 법당마루를 뒤덮은 꽃잎 컷을 잡을 욕심에 사방이 소란스러워졌다. 경쟁하듯 찰칵거리는 소리 속에서 다솜도 연자줏빛 꽃잎이 깔린 바닥 위로 카메라를 갖다 댔다. 방금 찍은 사진을 확인하는 다솜의 진지한 눈빛과 동그랗게 튀어나온 이마를 보며 현수가 싱긋이 웃었다. 사진 좋은데? 현수가 카메라 액정에서 눈을 떼며 엄지를 세웠다. 입을 헤 벌린 채 '엄지 척'을 하고 있는 현수의 모습이 다솜의 카메라에 찰칵 담겼다.

*

"여긴 나 혼자 해도 돼요. 오빠는 먼저 가서 어머니랑 얘기 좀 해."

현수가 뭉그적거리자 다솜이 등을 떼밀고는 법당 안으로 들어갔다. 벌써 청소를 시작한 사람들이 꽃잎을 쓰레받기에 쓸어 담고 있었다. 현수는 댓돌에 수북이 놓인 신발들 속에서 다솜의 스니커즈를 찾아 한쪽에 치워놓고, 축대에 넘어져 있는 제 신발을 꿰신었다.

복임이 종무소 옆 마루에 앉아 현수를 기다리고 있었다. 점심 공양을 하러 내려오라는 문자에 현수가 양명 집으로 바로 올라가겠다고 답을 보내자 그렇다면 종무소에서 기다린다고 다시 문자를 보내 왔다. 현수는 법당 마당을 가로질러 걸어갔다. 복임에게 갔다 오라는 경술의 심부름에 군말을 달지 않았던 건 속에 꿍쳐둔 질문이 있어서였다. 복임이 받을 충격을 생각하면 마음이 좋지 않았다.

"다솜이는?"

"청소하고 온대요."

"성격이 사근사근하더구나. 사귄 지는 오래됐니?"

"그냥 저 혼자 좋아하는 건데요, 뭐."

현수는 머쓱해하며 말했다. 복임이 현수 얼굴 가까이 손을 들어 올렸다. 현수가 몸을 뒤로 젖혔다.

"이마에……."

복임이 현수의 이마와 머리에 달라붙어 있는 꽃잎을 떼내 손바닥에 놓고서 가만히 들여다보았다. 복임의 표정은 할 말을 공글리는 사람처럼 복잡했다. 현수는 복임이 먼저 말을 꺼내길 기다리며 마루 아래 핀 꽃무릇에 눈길을 주었다. 꽃무릇은 배롱나무가 서 있는 울타리까지 이어지며 뜨문뜨문 피어 있었다. 현수는 배롱나무를 보다가 법당 마당을 휘 둘러보다가 다시 복임을 보았다. 복임은 꽃잎을 감싸듯 마주 잡은 양손에 눈길을 떨어트린 채 앉아 있었다. 현수는 그냥 돌아가기로 마음먹었다.

"강세라 씨가 찾아왔다며? …네 아버지한테서 들었다."

복임이 말했다. 그냥 돌아가기로 마음먹으면서 놓아버린 말들이 현수의 머릿속에서 두서없이 얽혔다. 복임은 무연한 눈빛으로 현수를 보았다.

"많이 놀랐겠구나."

복임이 중얼거렸다. 잘 모르겠어요. 현수도 중얼거렸다. 놀랐던가. 놀라지 않는 자신에게 놀랐던가.

"그냥, 그랬어요."

현수가 말했다. 찰랑, 마음에 괴어드는 어떤 소리를 현수는 들었다.

"저, 알고 있었어요. 그냥 알아졌어요."

오래전 자신을 바라보는 복임의 텅 빈 눈길을 마주할 때면, 지금처럼 찰랑거리며 마음에 괴어오던 슬픔에 대해 고백하고 싶었더랬다. 현수는 그러나 복임이 낯설었다. 현수의 슬픔을 삼켜 없애는 복임의 슬픔이 버거웠다.

"그래, 내가 모자랐지. 애들 눈치가 빤한데……. 그랬어, 내가."

복임이 말을 하다가 끊으면, 말과 말 사이에 생기는 침묵 앞에서 현수는 불안했다. 말과 말 사이의 틈, 그 틈 속으로 사라진 말이 불안했다. 말을 줄이고 말을 삼키는 복임의 침묵 속에서 떠돌게 될 말들이 불안했다.

경술이 양명 집으로 돌아가면서 현수를 둔내리에 두고 갔다면, 현수는 스스로를 지우는 대신 복임의 침묵을 지웠을 것이다. 말과 말 사이의 침묵을 지우고, 현수를 건너뛰듯 황황히 지나가는 서늘한 눈길을 지웠을 것이다. 현수는 자신이 무슨 생각을 하는지 알았다. 며칠씩 현수는 방에 틀어박혀 밖으로 한 발짝도 나오지 않았다. 히키코모리처럼 구는 현수의 행동을 경술은 10년 주기로 바뀌는 대운 탓이라 여겼다. 웬만큼 이해를 해주는 편이었으나 경술과도 마주치고 싶지 않아서 현수는 한밤중에만 살금살금 방을 나와 주방 냉장고를 뒤졌다. 손에 잡히는 것들을 방으로 가져와 입속에 꾸역꾸역 쑤셔 넣었다. 살아 있는 한 자신을 용서하지 않을 거라고 결심하고서 현수는 묵중한 몸을 끌고 방에서 나왔다.

"너를 보면… 명수가 떠올라서 견딜 수가 없더라. 지금도… 순간순간 생각이 나. 하루도 생각이 안 날 때가 없어."

말을 더듬거리며 복임이 손을 쥐어짜듯 비볐다. 현수가 불쑥 복임의 손을 잡아서 폈다. 손가락이 기역자로 구부러진 세라의 손과 달리 복임의 손은 단단하고 곧고 두꺼웠다.

"왜 그러니?"

현수에게 손을 잡힌 채 복임이 어리둥절한 표정으로 물었다.

"저를 왜 받아들였어요?"

현수의 물음을 생각하듯 눈을 깜박이던 복임이 고개를 내저었다. 할 말이 없는 게 아니라 할 엄두가 나지 않는다는 듯 계속해서 고개를 저었다.

“도로 데려가라고 하지 그랬어요. 그런다고 누가 욕할 사람도 없었잖아요.”

복임이 현수를 돌아보았다. 공허한 눈빛이었다. 인생에 구멍이 난 사람처럼 복임의 눈빛은 막막했다. 아무것도 읽을 수 없었다. 말과 말 사이의 침묵 속에는 아무것도 없었던 거다. 복임의 침묵은 슬픔이 민낯을 숨기는 텅 빈 구멍이었다. 명수의 죽음으로 찾아온 슬픔과 불운의 무게에 복임은 숨이 가빴을 뿐이다. 법당 마당에 눈길을 두고서 복임이 입을 열었다.

“김 교수 부부가 너를 데리고 우리 집에 도로 왔더라. 도저히 안 되겠다면서 네 장난감이며 옷이며 다 싸 들고 왔더구나. 그날 네가 아버지한테 뒤뚱뒤뚱 달려가서 안기더라. 나는 넋이 나가 있는데… 네 아버지라는 사람이 그러데. 세라가 저 애 보내 놓고 다 죽어가다가 이제 겨우 제정신을 차렸다고… 아이를 돌려주는 건 세라를 두 번 죽이는 일이라고……. 내가 바보 천치였지. 남편이 딴 여자한테 혼을 빼놓은 줄도 모르는…….”

복임이 말을 하다 말고 갑자기 조용해졌다. 복임의 허깨비 같은 표정 위로 병색이 짙은 세라의 얼굴이 겹쳐졌다. 병원 창밖으로 휘어진 매화 가지를 바라보던 세라 역시 배터리가 나간 스마트폰처럼 불시에 조용해지곤 했다.

“내가 키우자고 했다.”

복임이 말했다.

"네 아버지, 입양 자리 알아본답시고 몇 며칠 밖으로만 돌더라. 애는 나한테 던져놓고……. 지금 생각해도 희한하지. 사람 마음이 어찌 그렇게 기울던지… 내가… 네 아버지한테 그랬어. 이 아이는 내가 키운다고, 어디다 내려놓을 데도 없는 애… 나한테 왔으니, 내가 키울 거라고 했다."

"끝까지 싫다고 하시지 그랬어요. 그랬으면 저 때문에 마음 아픈 일도 없었을 거잖아요."

현수가 떨리는 목소리로 떼를 쓰듯 말했다.

"자식 키우면서 마음 아프지 않은 부모가 어디 있다던. 내 품에 기어든 자식, 먹이고 입히고 하다 보면 밉기도 하고 예쁘기도 하고… 자식이란 게 그런 거지. 자식은 다 똑같아. 그때도 그랬고 지금도……."

현수는 아무 말도 할 수 없었다. 뜨거운 것을 삼킨 듯 목울대가 저절로 오르내렸다.

"김 교수한테 연락을 했다. 강세라한테 줬다던 2천만 원을 돌려주고, 애를 다시 데려가느니 마느니 딴소리 하지 말라고 했다. 이 아이는 지금부터 내 새끼라고 못을 박았어."

*

종무소에서 주차장 쪽으로 가려면 마당을 가로질러 법당 뒤로 돌아가야 했다. 다솜이 마당 중간쯤 왔을 때 뒤를 돌아보며 말했다.

"서운하신가 봐요. 아직 서 계셔."

현수도 뒤를 돌아보았다. 복임이 어서 가라고 손짓을 했다.

"근데 왜 나한테 전화를 꼭 해달라고 하셨을까. 무슨 일인지 오빤 짐작 안 가?"

"어, 글쎄."

현수도 궁금했다.

복임은 법당 청소를 마치고 종무소로 달려온 다솜을 반갑게 맞았다. 복임의 옆자리를 다솜에게 양보하고 현수는 그 옆에 서서 얼쩡거렸다. 예불이 재미있고 신기하더라는 말에 복임이 다솜의 손을 토닥였다. 나이가 몇이냐. 부모님이 딸을 예쁘게 잘 키웠네. 양명 가거든 한 번 전화를 다오. 며느리를 대하듯 곰살맞게 구는 복임을 보자 현수는 마음이 간질간질하면서 흐뭇했다.

"엄마."

두 여자 곁에 어정쩡하게 서 있던 현수가 문득 복임을 불렀다. 아까부터 자꾸 간질거리는 마음을 긁어버리듯 부른 말이긴 한데, 평소 엄마라고 부르는 습관이 안 돼서인지 어색했다. 복임이 고개를 들어 현수를 보았다. 왜 불렀는지 묻는 눈길에 현수가 머리를 긁적였다.

"그냥, 한번 불러보고 싶었어요."

얼버무리는 현수를 바라보던 복임이 입안에 뭔가 가득 물고 있는 사람처럼 볼을 부풀렸다. 현수가 웃었다. 어릴 적 수수께끼 놀이를 할 때 복임은 정답을 입안에 감춰놓은 것처럼 볼을 부풀리고서 딴청을 부리곤 했다.

"아참, 아까 그 이야기요. 엄마하고 저하고 비밀로 해요."

복임이 볼을 부풀린 채 현수를 보고 있다가 잠자코 고개를 끄덕였다.

"제가 알고 있다는 거, 아버지는 몰랐으면 좋겠어요. 꼭이요."

"그래, 그러자."

복임이 말했다.

"우리 현수, 이제 정말 어른이 됐구나."

현수는 법당 마당을 가로질러 걸으면서 복임의 얼굴에 번지던 미소를 떠올렸다. 왠지 소리 내어 웃고 싶은 기분이었다.

"아까부터 웃는 거 보니 수상해. 혹시 아까 어머니한테 내 얘기 했어요?"

옆에서 힐긋거리던 다솜이 무슨 생각을 했는지 약간 부끄러워하며 물었다.

"글쎄, 나는 우리 엄마가 다솜 씨를 엄청 잘 본 이유가 궁금한데."

능청스럽게 대답하는 현수를 다솜이 흘겨보았다.

"칫, 말하기 싫음 하지 마."

다솜이 삐친 척 현수를 뒤로 하고 앞장서 걸어갔다. 엉덩이를 빼딱거리며 걸어가는 모습이 귀여웠다. 어느 날 문득 눈앞에 나타난 나비처럼 다솜은 현수에게 날아와 봄볕처럼 스며들고 있었다. 다솜의 머리에 떨어질 듯 말 듯 팔랑거리며 앉은 꽃잎을 보는 순간, 어떤 생각이 반짝 마음속에 돋아났다.

생에서 돌이킬 수 없이 어긋난 것은 어긋난 대로 둘 것.

어긋난 것은 어긋난 대로 자기 궤도를 따라 흐를 것이다. 햇살 속에서 보이지 않는 미세먼지처럼 세라와 찬우로 인해 돋아난 불안은 여전히 마음에 괴어 있지만, 그 모든 것을 떨쳐내려 안간힘을 쓸 필요는 없었다. 자기 궤도를 따라 흐르는 것들은 구슬 속에서 출렁이던 푸른빛의 물결처럼 어딘가로 흘러가거나, 혹은 어딘가에서 만나고 섞이는 지점이 있을 것이다. 현수는 그렇게 믿기로 했다.

"어머니, 우리 가는 거 다 보고 가시려나 봐요."

계단 위에 올라선 다솜이 이마에 손가리개를 하고 말했다. 현수는 식식거리며 계단을 두 개씩 뛰어올랐다. 법당 마당 건너 배롱나무 앞에 복임이 서 있었다. 배롱나무 가지가 뻗쳐 있어서 마치 복임이 두 사람을 향해 팔을 뻗어 흔드는 것처럼 보였다.

뭐가 문제인지 모르겠어요?

배수관을 점검한 수리업체 기사는 그럴 줄 알았다는 듯 고개를 끄덕였다. 수도관 뒤의 밸브를 원상태로 돌리고는 현수의 뒤를 가리켰다.

“저기 물기 밴 거 보이죠? 주관과 연결된 배수관이 손상돼서 그래요. 배수관 양옆으로 온수 냉수 수도관이 지나가는데, 잘못 건드리면 끝장이죠.”

“그럼 벽을 부숴야 돼요?”

세면대 오른쪽 벽을 보며 현수가 물었다. 저 벽 속을 지나가는 배수관만 수리하면, 누수문제가 해결될는지 미심쩍었다. 며칠간 지하실 청소를 한답시고 들락거리면서도 타일 틈새 시멘트가 축축한 것은 발견하지 못했다. 미처 보지 못한 곳이 저 타일 틈새만은 아닐 것이다.

“부수고 새로 넣는 게 제일 확실하죠. 노트북도 버벅거릴 때는 싹 밀고 새로 깔잖아요.”

맞는 말이다. 노트북을 사용하다 보면 바이러스가 걸린다거나 용량이 가득 찼다거나 하는 이유로 포맷을 해야 하는 순간이 온다. 그럴 땐 미련 없이 포맷을 해서 초기화하는 게 현명한 유저의 길이다. 세상만사가 다 그렇다.

"그럼 얼마쯤 들까요?"

문제는 돈이다. 현수는 심각한 눈빛으로 기사를 보았다.

"비용 문제가 걸리시면, 세면대 아래쪽으로 배수관을 넣는 방법도 있어요. 당근 저쪽은 폐쇄하고요. 오줌보 차는데 방법이 없으면 옆구리로라도 빼내야죠. 어떻게 하실지 결정되면 연락 주십쇼."

기사가 윗도리 주머니에서 명함을 꺼내 현수에게 건네고는 서둘러 지하실을 나섰다. 임시방편 같긴 하지만 해결된다니 일단은 다행이라 생각하며 현수는 기사를 따라 나갔다. 차에 공구를 던져 넣던 기사가 현수를 돌아보았다.

"하수구 방향으로 배수가 되도록 하면 벽을 뜯는 것보다 비용이 3분지 1밖에 안 들어요."

"3분의 1이면 그게 얼만데요?"

"잠깐만요."

기사가 휴대폰을 켜서는 차 뒤로 자리를 옮겨 통화를 했다. 밉살스러운 타입이었다. 어디요? 여기서 넘어가면 다섯 시쯤이요. 네네··· 통화를 끝내고 가까이 오는 기사를 보면서 현수는 긴장했다. 세면대 밑으로 배수관 하나 늘어뜨리는 것이니 크게 비싸지는 않겠지. 10만 원? 20만 원? 설마 50만 원? 이젠 없으면 없는 대로 궁색스럽게 한 달을 보내면 되는 상황이 아니었다. 현수가 즐겨찾기 해놓은 쇼핑사이트 장바구니에는 다솜이 감탄했던 액정 태블릿이 들어 있었다. 기사는 40만 원이면 떡을 친다고 하고는 차를 몰고 사라졌다. 호출이 많은 것을 보니 실력이 좋은가 보네, 라는 생각 대신 보란 듯 바쁜 척한다는 느낌이 들었다.

철공소로 올라가자 분위기가 왁자하니 시끄러웠다. 다들 박은주 책상으로 몰려가 있었다. 다솜이 현수에게 손짓을 했다.

"은주 언니, 제이제이 선정됐어요."

"아, 어디 작품 냈어요?"

철공소 입주자한테 좋은 일은 현수에게도 좋은 일이었다.

"제이제이 아트에서 창작 애니메이션 기획서를 공모했는데 선정됐다고 연락 왔어. 내일 홈페이지에도 올라갈 거야."

박은주가 아니라 자신이 공모에 선정된 듯 안 감독이 뿌듯해 했다.

"은주 씨, 축하해요. 장편? 단편?"

"단편 애니메이션. 7분 정도로 생각하고 있어요. 팀 짜기도 그렇고… 나한테 선배밖에 없는 거 알지?"

"걱정 마. 아무 걱정 마. 이 오빠만 믿어."

두 사람의 간지러운 대화에 다들 토하는 시늉을 하며 흩어졌다.

현수는 자리로 돌아와 다른 배관업체를 검색했다. 배수관 하나 넣는 데 40만 원은 비싼 것 같았다. 맨 위에 올라와 있는 사이트로 전화하자 바로 연결이 됐다. 현수는 휴대폰을 귀에 댄 채 철공소를 나와 주차장으로 내려갔다. 경술이 출입구가 나 있는 건물 옆마당을 주차장이라고 할 때는 우습더니 요즘은 현수 역시 주차장이란 말이 입에 붙었다.

"여보세요, 말씀하세요."

목소리가 어린 남자가 전화기 저편에서 소리를 질렀다. 현수는 좀 전에 수리업체 기사한테 들은 대로 누수 상황을 전했다. 남자가 대뜸 100을 불렀다. 현수는 저도 모르게 헉, 소리를 냈다.

"타일을 뜯고 수리를 하면 130까지도 불러요. 요즘 세일 기간이라 30 깎아준 거예요."

현수가 잘 알겠다며 끊으려 하자 남자의 말이 빨라졌다.

"우리 기사님들 일정이 빡빡해서 예약을 하시는 게 나을걸요. 원천동 쪽은 건물이 오래돼서 맞는 타일이 잘 없걸랑요. 맞는 거 못 찾으면 시멘트로 봉한 채 냅둬야 돼요."

그래서 100을 부른 건지, 그러고도 100을 부른 건지 물어보지 않고 현수는 전화를 끊었다. 잘못하다간 두 달 용돈이 완전히 끊길 판이었다. 하는 데까지 해보는 특단의 조치가 필요했다. 현수는 계단을 다시 올라갔다. 건물 옥상으로 나가는 문 앞에 공구가 쌓여 있었다. 배수관 수리에 필요하겠다 싶은 것들을 공구가방에 다 집어넣었다.

공구가방을 들고 계단을 내려오던 현수는 걸음을 멈췄다. 1

층 출입구에 송찬우가 서 있었다.

"오랜만이다."

찬우가 말했다. 현수는 인사말을 입속으로 우물거리고는 계단을 털레털레 내려갔다. 우편함 옆에서 걸음을 멈춘 현수는 눈싸움하듯 찬우를 쏘아보았다.

"내가 왜 왔는지 안 묻냐?"

쓴 약을 물고 있는 사람처럼 인상을 찌푸리고 있는 현수에게 찬우가 말을 걸었다.

"또 납치하러 왔어요?"

현수는 마음이 괜히 쫀쫀해져서 한마디 내뱉고는 지하실 계단을 내려갔다. 찬우가 현수를 따라 내려왔다.

"어우, 넓네. 여긴 아무도 안 쓰나?"

찬우가 지하실을 둘러보며 말했다.

"제가 쓸 거예요."

어디에 쓸 건지 묻지는 않고 찬우가 탁자 의자를 당겨 앉았다. 장씨 아저씨의 전용 탁자에 오른팔 팔꿈치를 대고 의자 끝에 엉덩이를 걸치듯 앉은 찬우는 불편하고 어색해 보였다.

"의자도 탁자도 다 깨끗해요. 편하게 앉아도 돼요."

현수는 다솜과 함께 둔내리에 갔다 온 뒤 며칠간 지하실 대청소를 했다. 사무실과 탕비실 전구를 갈았고, 창고 안에 쌓인 종이박스와 책장에 꽂힌 책이며 잡지를 다 처리했다. 동네를 도는 폐지 할아버지가 신이 나서 왔다 갔다 했다.

"2층은 예술 하는 부류인가 본데 장차 한가락씩 할 친구들인가?"

"가봐야 알죠."

현수가 말했다. 철공소 사람들을 놓고 그런 식으로 말하는 게 듣기 불편했다.

"현수 너는 무슨 작업을 하는데?"

너… 라는 말이 귀에 걸렸지만, 그냥 넘어가기로 했다. 관계를 따지고 보면, 따질 문제는 아니었다.

"전 그런 쪽 아니에요."

"글 올린 거 보니 소설 쓰면 잘 쓰겠더만."

이죽거리는 느낌 없이 찬우가 말했다.

"그래서, 앞으로도 소설을 계속 쓸 건가? 다른 일을 해볼 생각은 없고?"

*

현수는 이즈음 성실했다. 철공소 관리는 기본으로 하면서 쇼핑몰 오픈을 위해 잡다한 업무를 처리하느라 바빴다. 제품 템플릿부터 카피 문구까지, 쇼핑몰을 완성하려니 이것저것 할 게 많았다. 월별 메인 상품을 정하고, 효소 거르는 모습과 장아찌 촬영 날짜를 조정하느라 복임과 통화도 자주 했다. 복임과 통화하고 있으면 경술은 목을 앞으로 내민 채 뻥한 표정으로 현수를 보았다.

'이복임 여사의 효소&장아찌'를 해보자고 말을 먼저 꺼낸 건 다솜이었다.

다솜은 복임으로부터 효소와 장아찌를 팔아보면 어떻겠냐는 제안을 받고, 산야초 쇼핑몰사이트를 몇 군데 훑었다. 다솜은 해보기로 결정했다. 쇼핑몰 관리는 그림 작업을 하면서 시간을 내어 할 수 있었다. 다솜은 복임이 현수에게 사업을 직접 권하지 않는 이유를 묻지 않았다. 앙큼하게도 복임의 제안을 자기 아이디어인 양 빼기면서 효소와 장아찌 판매 아이디어를 떠올리도록 현수를 꾀었다. 틈틈이 해보자면서 시작한 쇼핑몰 사업에 다솜은 완전히 빠져들었다.

다솜과 함께 효소와 장아찌 판매 사이트를 만드는 한편 현수는 따로 시간을 내어 글을 썼다. 세라가 제안한 아르바이트 때문은 아니었다. 며칠 전 세라를 찾아갔다가 허탕치고 돌아오면서 현수는 글을 다시 써야겠다고 마음먹었다.

세라를 찾아간 건 둔내리에서 돌아온 이튿날이었다. 아침에 일어나니 세라한테서 부재 전화가 와 있었다. 119를 불러야 하는 상황인가 싶어 바로 통화버튼을 눌렀다.

"현수구나."

세라는 덤덤하게 전화를 받았다.

"어젯밤에 전화하셨던데, 괜찮으세요?"

"음, 나는 괜찮아. 자는 것 같아서 그냥 끊었다."

세라의 대답에 현수는 안도감과 함께 별일도 없는데 무시로 이러면 곤란한데, 하는 생각이 들었다.

"이쪽으로 와줄래? 당분간 사무실을 쉬기로 했으니까 집으로 오면 돼."

"지금요? 지금은 좀 그런데요."

현수가 귀찮다는 기색을 숨기지 않고 말했다. 이틀간 둔내리 여행을 하고 온 터라 밖으로 나가는 게 내키지 않았다. 그러다 퍼뜩 생각이 나서 집으로 찾아가겠다고 말을 바꿨다. 세라가 주소를 문자로 보내겠다며 전화를 끊었다. 현수는 철공소로 내려갔다. 세라에게 가는데 차를 가져가야 된다고 하자 다솜이 태블릿 펜을 놓았다.

"고모님이 또 아파요?"

다솜이 내비게이션에 주소를 입력하고 나서 물었다.

"아니, 이 차, 갖다드리려고."

다솜의 눈이 동그래지더니 어딜 다친 것처럼 외쳤다.

"오빠가 알바해서 받은 거잖아."

"내가 일을 하다가 말았잖아. 마무리를 못했으니 돌려드리는 게 맞지."

"전에 글 올린 거 때문에 오빠 끌려가기도 했다며. 안 감독님한테 다 들었어."

입도 가볍지. 현수는 혀를 찼다

"차는 번호판 다는 순간 중고라고요. 팔아봐야 얼마 받지도 못해. 글고 우리 쇼핑몰 본격 가동하면 차 쓸 일도 많을 거잖아."

맞는 말인데, 차를 세라한테 돌려주지 않아도 되는 이유는 아니었다. 세라가 아르바이트를 제안하면서 내심 바랐던 게 뭐든 차를 사주겠다는 조건은 송찬우가 어떤 인간인지 제대로 까발려달라는 거였다. 현수는 그 약속을 지키지 못했다.

"운전 안 하시면 이 차 돈 먹는 애물단지밖에 안 될걸. 돌려드리는 게 민폐야."

다솜은 시동을 걸고 차를 달리면서도 현수의 마음을 돌리려고 애썼다. 현수는 다솜이 차에 애착을 갖고 있는 건 알았어도 이렇게 아쉬워할 줄은 몰랐다. 미안하기도 하고, 약간 피곤하기도 했다. 현수가 입을 다물자 잠시 후 다솜도 입을 다물었다. 다솜의 운전 실력이 한 달도 안 돼 눈부시게 좋아졌는지 차는 미끄러지듯 조용히 달렸다. 차가 무월로로 접어들었다.

"저기 들렀다 가자."

무월로를 한참 달리던 중에 현수가 주유소를 가리켰다. 다솜이 속도를 줄이며 주유소로 들어섰다. 현수는 기름을 가득 채워달라고 했다. 주유소에서 검색을 해보니 세라의 집까지는 10분 거리였다. 시동을 걸고 출발했던 다솜이 전방을 두리번거렸다.

"이쯤에서 길이 나와 줘야 되는데."

"양명시 무월로 180-8, 제대로 찍었고… 경로대로 온 거 같은데?"

현수가 내비게이션을 보며 주소를 확인했다.

"저기 저 길인가?"

현수가 한 블록 앞에 있는 횡단보도 옆길을 가리켰다. 다솜이 고개를 갸웃거리고는 횡단보도 쪽으로 달리다가 차를 우회전해 들어갔다.

"길이 없어. 아무것도 안 보여."

차를 우회전해 들어간 길에는 철장 담장이 죽 이어져 있었다. 다솜이 갓길에 차를 세웠다. 내비게이션에는 세라가 찍어준 아파트 이름이 떴다.

"혹시 오빠, 주소 틀리게 적은 거 아니에요?"

"문자로 보내준 거니까 틀릴 리가 없는데."

아파트 입구를 찾기 위해 다솜과 현수는 오던 길로 유턴해서 나갔다. 횡단보도에서 신호등을 기다리느라 대기하며 다솜은 목을 길게 빼고 주변을 둘러보았다.

"이쪽 도로에서 들어가는 길이 있었나. 아까 올 때 못 본 거 같은데… 오빤 봤어요?"

"어, 나도 못 본 거 같은데."

다솜이 이상하네, 중얼거리면서 주위를 계속 두리번거렸다. 다솜이 좀 전부터 초조해 보이는 게 서두르는 눈치였다. 현수는 둔한 자신을 책망했다. 일주일에 나흘, 오전 아르바이트를 하는 데다 집안일을 거들어야 하는 다솜은 현수에 비해 시간에

쫓기는 편이었다.

"그냥 돌아가자."

현수가 말했다.

"돌아가자고요?"

"응. 그냥 돌아가."

"여기까지 와서?"

"안 가는 게 나을 것 같아."

"아, 오늘 일진이 안 좋은 날이구나?"

다솜의 말에 현수가 풋, 소리를 내며 웃었다. 현수는 세라에게 전화를 걸었다. 세라가 어디냐고 물어서 현수는 무월로를 달리는 중인데, 일이 생겨서 돌아가 봐야겠다고 대답했다.

"맛난 거 해주려고 준비 다해 놨는데……."

세라가 말했다.

"죄송해요."

현수는 그렇게만 말했다. 잠시 침묵이 오간 뒤에 세라가 말했다.

"어젯밤에 송찬우한테서 전화를 받았어. 송찬우 측에서 너를 찾아갈 것 같아. 별일은 아닐 거다만… 암튼 너무 걱정하지는 마."

현수는 걱정하지 않았다. 한 번 당해봤으니 겁날 것도 없었다.

"네, 고모도 걱정하지 마세요. 그러잖아도 저, 이제 글 올리는 거, 그만두려고요. 그럴 필요도 없을 것 같고요."

세라가 잠시 멈칫하는 게 전화기 이편에서도 느껴졌다.

"송찬우에 대해서 글 쓰는 게 힘들어서 그러니?"

세라가 물었다.

"제가 그 사람 자식이라는 것을 밝히고 싶지 않아서 그래요."

결국, 말을 했다.

세라는 조용했다. 현수는 기다렸다. 전화기를 들고 있을 텐데 아무 소리도, 숨소리조차 들리지 않았다.

"너를 위해서였어."

순순히, 무너지는 느낌으로 세라가 말했다.

"네, 알아요."

현수가 말했다. 목소리가 조금 갈라졌다.

자신이 버렸던 아이를 찾아온 것은, 어떤 의도에서였든 아이에 대한 사랑이 섞여 있을 거라고 현수는 생각했다.

"너를 뱃속에 가진 것을 알고 나는 조심했다. 애한테 해가 될까 봐 약을 끊으니 몇 달 안 돼 손가락이며 팔꿈치가 틀어지더라. 팔목 발목 연골마디들이 부어오르고 그게 그냥 딱딱하게 굳어버리데."

세라의 틀어진 손가락을, 기우뚱한 어깨와 등을, 어딘가 삐걱거리는 듯한 걸음을 현수는 눈앞에 떠올렸다. 고맙다고도, 미안하다고도 할 수 없었다. 생색을 내려고 한 말이 아니라 세라의 몸이 현수의 흔적과 기억을 간직하고 있다는 고백인 것을 알아들었다.

"배가 불러오는데도 허우대 멀쩡한 그 바보는 산달이 될 때까지 내가 임신한 것도 몰랐어. 애가 태어난 게 날벼락 같았을 거야. 그래도 그 인간, 네가 태어나면서 술에 취해 들락거리던 내 집으로 짐을 싸갖고 들어왔다. 그렇게 같이 살았지. 잠시… 우리는 가족이었어."

현수는 아무 말도 할 수 없었다. 불에 단 돌을 가슴 한복판에 받아 안은 듯 온몸이 뜨거워졌다. 어떤 회한 같은 게 뜨거워진 가슴을 휘감는 느낌이었다. 그렇다고 못 견디게 슬픈 건 아니었다. 아닌데, 의지나 감정과는 상관없이 무슨 의식처럼 눈물이 뺨을 타고 흘러내렸다. 만 2년이었어요. 현수가 속으로 중얼거렸다. 갓난애에게 2년은 생명이 온전해지는 한 생일 터였다. 현수는 보푸라기처럼 일어나는 마음속 물음들을 쓸어 눕혔다.

다솜은 옆에서 조용히 운전을 했고 아무것도 묻지 않았다. 차는 무월로를 벗어나 원천동 방향으로 속력을 냈다. 현수는 다솜이 세라에 대해, 그리고 송찬우에 대해서 다 알고 있을 거라는 느낌이 들었다. 그러나 그렇지는 않을 것이다.

세라를 만나러 갔다가 돌아오면서 현수는 세라와 찬우에 대해 글을 써야겠다고 생각했다. 그들에게서 떨어져 나온 제 삶의 줄기를 두 사람의 자서전에 엮어 넣고 싶었다. 그렇게 해야 할 것 같았다. 제 삶의 통로 속으로 흘러든 두 사람이 각자의 궤도를 따라 흘러나가기 전에 잠시라도 함께 흐르고 싶었다.

현수는 처음부터 새로 글을 쓰기 시작했다. 두 사람이 홀연 세상에서 사라지기라도 할 것처럼 지금까지 들었던 말과 자료를 쌓아놓고 글을 썼다. 세라와 찬우, 두 사람의 이름과 함께 현수 자신의 이름이 실명으로 등장하는 글이었다. 글을 써나가다 보니 유품 정리를 하는 느낌마저 들었다. 가끔 다솜이 현수의 등 뒤에서 모니터를 들여다보고는 어이가 없네, 하는 표정을 지었다. 다솜은 효소와 장아찌 로고를 만들고 일러스트 작업을 하느라 그림책 파일은 열어보지도 못하고 있었다.

"나를 위해 쓰는 글이야. 이해가 안 되겠지만, 사실 나도 잘 이해가 안 되는데… 우리 둘을 위해서라도 이 글을 끝맺어야 할 것 같아."

현수의 변명에 다솜은 흠흠, 뜻 모를 소리를 내고는 자기 자리로 돌아갔다. 변명으로 둘러댄 말이긴 해도 현수의 진심이었다. 현수는 스스로 의식하지 못한 채 지나가 버린 시간의 공백과 허기를 메우고 있는 중이었다. 엉키고 뒤틀렸던 시간을 간추리고 각자의 역사를 글 속에서나마 제자리로 돌려주고 싶었다. 자신이 할 수 있는 방식으로 만나고 이별을 하고 싶었다.

세라를 다룬 글은 현수 자신과 마지막으로 주고받은 대화까지 정리됐다. 조용히 은둔하듯 살아온 시간이 세 장(章)에 나뉘어 어렵잖게 정리됐다. 통증을 지고 가는 세라의 생은 심플했고 비밀이 없었다. 세상에 비밀을 가지고 숨어 있는 쪽은 오히려 송찬우였다.

이번 글에서는 송찬우가 시의원이 된 이후 벌여온 일들을 걸러내지 않고 전부 집어넣었다. 송찬우가 현재 어떤 모습으로 살아가고 있는지에 대해서도 좀 더 상세히 다루기로 했다. 지금은 〈초록지대〉와 〈양명문화연구소〉라는 시민단체의 대표로서 송찬우가 한 일을 자세히 알아보는 중이었다. 제대로 다루려면 며칠은 클릭질로 날려야 할 판이었다. 쉽지는 않겠지만 현수는 자칭 구글링의 달인이었다.

구글링을 하다 보면 세상의 어떤 자료도 홀로 존재하지 않는다는 것을 깨닫게 된다. 자료들은 하나의 키워드가 찾아 들어가는 경로를 통해 끌어올려졌다. 자료 속에 들어 있던 키워드들은 그런 게 있는지조차 몰랐던 또 다른 자료와 연결되면서 깊숙이 묻힌 정보를 소환해냈다. 키워드와 자료가 오가는 경로는 어떤 의미에서 새로운 사실 하나가 세상에 등장하는 통로였다. 통로와 통로가 겹쳐지는 지점에서는 지금까지 없던 항목이 생성되었다. 지금 하고 있는 구글링에서 현수 앞에 생성될 항목은 세라와 현수의 삶에 얽힌 송찬우였다.

연극 강사 송찬우, 세라와 현수를 버린 송찬우, 녹색교육에 힘쓰는 〈초록지대〉 대표 송찬우, 양명시의원 송찬우, 〈대로기획〉과 손잡고 비리를 저지르는 송찬우, 유명 식당 여사장과 결혼한 송찬우, 의붓딸과 의붓아들의 좋은 친구로 인터뷰를 하는 송찬우, 가족과 함께하는 삶을 슬로건으로 내걸고 양명시장 예비후보로 나선 송찬우, 현수의 존재를 난감해하는 송찬우…….
송찬우라는 항목으로 완성될 글이 선거법에 걸릴 염려는 물론 없었다. 세라와 송찬우에 대해 쓰고 있는 이번 글은 현수가 운영하는 비공개 카페에 안치될 거니까.

*

"그나저나……."

의자 등받이에 기댄 채 눈을 감고 있던 찬우가 자세를 바로하고는 마른세수를 했다. 현수는 탁자 맞은편에 앉아 그를 바라보았다. 한 달 전에 비해 피부가 꺼칠한 게 수척해 보였다.

"전에 올렸던 글, 그거 내려주면 안 되겠냐?"

찬우가 메마른 목소리를 목에서 억지로 밀어내듯 말했다. 수척하고 피곤해 보이는 것이 자신 때문일지 모른다는 짐작으로 누그러졌던 현수의 마음이 조금 팽팽해졌다.

"어차피 퍼질 만한 데는 다 퍼졌어요."

"원작 글이 있는 거하고 없는 거하고는 또 다르지. 내릴 수 없는 건 아니지?"

로그인만 하면 당연히 내릴 수 있었지만, 현수는 대답을 하지 않았다. 찬우가 초조해하는 것을 보자 왠지 좀 서글펐다.

"알고 보면 네가 이렇게까지 할 일이 아닌데 속을 썩이네."

이 정도면 약과죠.

자식 때문에 마음 아프지 않은 부모가 어디 있다던. 복임이 했던 말을 떠올리며 현수는 공구가방을 들고 자리에서 일어섰다.

"왜? 얘기 좀 하자니까?"

"할 일이 있어요. 문 열어둘 테니 말씀하세요."

현수는 공구가방을 들고 화장실로 갔다. 찬우한테서 그를 정말 싫어하게 될 말을 듣고 싶지 않았다.

"지난 일 갖고 왈가왈부하는 거 그거 세상에서 가장 비생산적인 일이야. 사람이 앞을 보고 살아야지. 내가 너 취직자리도 생각해봤는데……."

찬우가 현수의 등에 대고 말했다. 현수는 화장실 바닥에 공구가방을 내려놓고 망치와 송곳과 손을 감쌀 수건을 꺼냈다. 방수테이프와 그라인더도 꺼내서 망치 옆에 놓았다.

"어디 물이 새나?"

찬우가 자리에서 일어나서 화장실로 오더니 현수가 늘어놓은 연장에 눈길을 주었다.

"이야, 참 오랜만에 본다. 내가 젊을 때 돈 벌려고 투잡, 스리잡을 뛰었단 말이지. 단열공사부터 전기배선, 욕실 바닥 까는 거 안 해본 게 없다."

진짜요? 묻는 표정으로 현수가 찬우를 돌아보았다. 찬우가 그런 일들을 했다니까 믿기지 않았다. 왠지 좀 신기하기도 했다. 구글링으로는 알아낼 수 없었던 사실들이었다. 송찬우, 라는 항목을 완성하기 위한 가장 중요한 통로가 저 사람인데… 하는 생각이 현수의 머리를 스쳐 갔다.

"나이 들면서 돈 안 되는 연극 그만두고 목수로 풀린 친구들 많아. 칠장이로 밥 먹는 친구도 있고, 가구 만드는 친구도 있고… 맞아, 십장 노릇하는 형도 있었지. 연극판 뜨고 한동안 빌빌대는데 바닥을 치고 나면 다들 살길을 찾더만."

"극단에서 그런 기술도 가르쳐요?"

살길이라는 게 어째 다 건설현장 쪽인가 싶어 현수가 물었다.

"옛날에는 연극 올릴 때 단원들이 전부 몸으로 때웠거든. 소품이며 무대장치며 연극판이 아니라 노가다판이었어. 그러니 작업 한 번 하고 나면 진짜 식구보다 더 가까운 사이가 되지. 생각하면 그때가 봄날이었다."

봄날… 세라와 처음 만난 날이었나. 봄날을 말하던 세라도 송찬우처럼 저렇게 아련한 표정을 지었던 것을 현수는 기억했다. 현수는 타일 틈새가 축축한 벽을 보며 중얼거렸다. 바닥을 치는 것도 나쁘지는 않겠네.

"어디 한번 볼까. 아, 잠깐."

화장실로 들어서던 찬우가 주머니에서 휴대전화를 꺼내며 몸을 돌려 나갔다. 현수는 망치를 들고 벽 앞으로 다가서면서 찬우를 힐긋 쳐다보았다.

"…여긴 걱정 마시고 화백들 입단속부터 시키세요. 어제 양명신문 배승태 기자가 꺼리 좀 달라고 찔러댑디다."

통화내용을 듣고 있는데 찬우가 휴대폰을 귀에 댄 채 걸어와 화장실 문을 닫았다. 문이 닫히자 통화소리가 멀어졌다. 현수는 문을 살그머니 열어놓고 타일을 두드리는 척하면서 귀를 기울였다.

"자료비요? 자료비는 무슨… 사진 한 장까지 다 정산했구만. …미술품 아카이브 사업 안 할 겁니까? 대표님이니까 제가 그런 조건으로……."

통화를 하면서 탁자 쪽으로 걸어가는지 소리가 멀어졌다. 한 마디씩 들리는 말들로 짐작건대, 예전 전시회에 참가했던 화가들이 돈을 더 달라고 하고, 그 문제로 김학도 대표와 밀당을 하는 눈치였다. 화백들이 막무가내로 돈을 달라고 할 리는 없을 테니, 송찬우가 화백들의 몫을 자기 앞으로 챙겼을 가능성이 컸다. 잡음이 나는 것을 눈치 챈 기자가 송찬우와 김학도가 같이한 사업을 캐고 있는 듯했다.

완벽한 추리네.

현수는 혼자 감탄하며 고개를 주억였다. 이번에 글을 새로 쓰면서 보니 자신이 상황을 분석하고 추리하는 데 꽤 소질이 있는 듯했다. 이참에 나도 추리작가가 돼볼까. 공상으로 빠지던 현수는 정신을 차리고 물기 밴 벽을 향해 망치를 내려쳤다.

으으으…

잠시 후 현수는 감고 있던 눈을 조심스레 떴다. 망치의 손잡이를 꽉 잡은 채 벌벌 떨던 현수는 거울 앞으로 갔다. 다친 데 없이 멀쩡했다. 하마터면 벽에서 튕겨 나온 망치에 얼굴이 부서질 뻔했다. 망치를 다시 집어 들었지만 오금이 저려 내리칠 엄두가 나지 않았다.

"벌써 다 고쳤냐?"

찬우가 휴대폰을 귀에서 떼고 물었다.

"아뇨, 아직."

망치질이 아무나 하는 게 아니었다. 찬우는 휴대폰을 다시 귀에 갖다 댔다.

현수는 잠시 망설이다 탁자 맞은편에 다시 앉았다. 통화를 하면서 찬우는 의자 등받이에 몸을 기댄 채 발을 탁자에 걸쳐놓고 있었다. 이번에 지하실 대청소를 하면서 버릴 건 거의 다 버렸는데, 장씨 아저씨가 사용했던 탁자와 장의자는 그대로 두고 쓰기로 했다. 현수가 전용의자로 애용했던 둥근 소파도 다 낡았지만 버릴 수가 없었다.

고등학생이었던 현수가 놀러 오면 장씨 아저씨는 차와 평리수를 내놓았다. 탁자를 사이에 두고 앉아 차를 마시면서 장씨 아저씨는 현수에게 여러 가지 이야기를 들려주었다. 대만 생산지에 따라 미묘하게 다른 차의 맛에 대해 들려주고, 자신이 취급하는 우롱차와 포종차, 홍차의 유통경로에 대해서도 들려주었다. 현수가 마치 견습생이라도 되는 양 귀에 쏙쏙 들어오게 설명했다.

현수는 장씨 아저씨와 함께 차 마시는 시간을 좋아했다. 물론 현수는 차 도구를 세트로 갖춰놓고 따라주는 고급 우롱차보다는 과일 잼이 젤리처럼 꽉 차 있는 평리수의 맛을 훨씬 좋아했다. 장씨 아저씨는 현수가 먹을 복이 많게 생겼다면서 나중에 먹거리 사업을 해보라고 했다. 찬우가 발을 턱 걸쳐놓고 있는 저 탁자에서 현수와 다솜은 판매 실적을 논의해가며 사업을 꾸려갈 참이었다.

"…서로 좀 돕고 삽시다."

찬우가 강경한 어투로 통화를 끝내고는 발을 탁자에서 내렸다. 발이 놓였던 곳에 봉투 하나가 보였다. 찬우가 봉투를 집어 현수에게 내밀었다.

"입사 계약서다."

현수는 봉투를 거들떠보지 않았다. 무슨 꿍꿍이인지 몰라도 느낌이 좋지 않았다.

"초록지대에서 상근할 사람이 필요해. 당분간 선거업무나 자잘한 거 돕고, 3개월 지나면 사무국장으로 앉아라."

선거업무? 사무국장? 낯선 말들이었다.

"제가 아저씨를 곤란하게 하는 글을 계속 올릴까 봐 이래요?"

현수는 서류를 찬우 앞으로 도로 밀었다.

"쉽게 가자. 내가 요즘 너무 피곤하다. 이럴 때 네가 와서 도와주면 서로 좋잖냐."

서로 좋다고? 뭐가 서로 좋은 거지?

대답을 찾아내려는 듯 현수는 찬우의 얼굴을 쏘아보았다.

"구체적으로 제가 뭘 도와줄 수 있죠?"

현수는 스물여덟 살이 되기 전에는 그 존재조차 몰랐던 두 사람, 세라와 송찬우가 헤집어 놓은 제 마음속 깊은 바닥을 들여다보고 싶었다.

"그건 차차 알게 될 거고, 네가 보기에 무소속인 내가 당선이 될 거 같으냐?"

찬우가 당락여부를 남 얘기하듯 물어서 현수도 솔직하게 대답했다.

"안 되겠죠. 아무래도."

현수는 자신이 올린 글 때문에 찬우가 당선될 기회를 박탈당할 거라고 생각지 않았다. 대선이니 총선이니 몇 차례 있었던 선거에 투표조차 안 했지만, 찬우가 시장에 당선될 가능성이 없다는 것 정도는 점칠 수 있었다.

"그런데 왜 시장후보로 나섰어요? 10퍼센트 이상 표를 못 얻으면 기탁금이랑 선거자금 다 날린다면서요?"

글을 써서 올리면서도 사실 그게 궁금했다. 검색을 하다 보면 '선거에 출마했다가 폭망했다'는 내용의 글이 드물지 않게 눈에 띄었다.

"사퇴해야지."

"네?"

"너만 알고 있어. 등록일 하루 전에 후보 사퇴할 작정이다. 지금까지 들어간 비용하고 예비기탁금은 날리는 거니까 대로기획 사람들 손에 명함 쥐여서 부지런히 돌려야지."

"사퇴한다면서 명함은 왜 돌려요?"

"시장 예비후보도 경력이야. 이름을 알려야 사업을 따지. 초록지대를 모기업으로 하고 양명문화연구소와 대로기획 실적 다 긁어 넣으면 20억짜리는 충분히 딸 수 있어."

현수가 입을 벌린 채 찬우를 보았다.

"아저씨, 사기꾼이에요?"

현수의 질문에 찬우가 웃었다. 재미있다는 듯 웃는 모습이 현수에게 어떻게 비치는지 그는 모르고 있었다.

"사기도 당할 만한 사람이 당해. 사기꾼이 지능적이어서가 아니라 당하는 사람도 똑같으니까 당하는 거야. 가해자와 피해자가 손잡고 벌이는 쇼 같은 거지. 남녀 사이도 똑같아. 현수, 네가 올려놓은 글에서 내가 아주 몹쓸 인간이 돼 있던데, 실상은 그런 게 아니란 말이지. 남자 여자 사이에 가해자가 어딨고 피해자가 어딨냐."

찬우의 얼굴에 농담의 기색은 없었다.

"아저씨 때문에 세라 고모는 고통을 당했어요. 아저씨 때문에 아이도 고통을 당했고요. 그런데 가해자가 없고 피해자가 없다고요?"

현수는 사납게 쏘아붙였다. 찬우는 답답하다는 듯 한숨을 내쉬고 말했다.

"세라, 잘 살고 있잖냐. 내 눈치 보면서 사는 것보다 지금이 훨씬 낫지. 사업체도 잘되는 것 같던데, 대체 뭐가 문제라는 거냐."

"뭐가 문제인지… 모르겠어요?"

"그래, 내가 인간쓰레기 같은 짓을 했다 치자. 그렇다고 나를 죽일 거냐. 아닌 말로 내가 싼 똥이라고 내가 평생 뭉개고 앉아 있으면 뭐가 달라지나."

"똥이 아니라 자식이었어요. 아저씨 자식! 아저씨 아들이었다고요."

현수는 마음을 집어던지듯 송찬우를 향해 외쳤다. 그에게 하고 싶은 말은 그것뿐이었다. 당신이 해야 할 일은 뒤늦게 그 존재를 알게 된 아들에게 사과를 하는 것이다. 너를 모른 체해서 미안하다. 무책임하고 이기적이어서 미안하다. 주눅 들게 해서 미안하고 외롭게 내버려둬서 미안하고 지켜주지 못해서 미안하다. 진심으로 사과를 하고 용서를 비는 거라고요. 목구멍에서 소리 없이 터져 나온 목소리가 가쁜 숨으로 흩어졌다. 엄마도 아니고, 아버지도 아니고, 남도 아닌, 아무것도 아닌 당신들을 나는 이미 용서할 준비가 돼 있다. 나는 당신마저 용서하고 싶단 말이다. 송찬우에게 내지른 절규는 현수 스스로 쌓아올렸던 벽에 부딪치면서 이명처럼 귓속에서 윙윙거렸다.

"그래, 그러니까 쓸데없는 짓 하지 말고 내 밑에서 일이나 배우라고. 우리 둘이 가까이 있을 수도 있고, 좋잖냐."

찬우의 얼굴에 피로감이 드러났다. 현수는 숨을 깊이 들이마셨다가 천천히 내뱉었다. 전류가 흐르듯, 현수의 몸속에 웅크리고 있던 무언가가 몸 이쪽 끝에서 저쪽 끝으로 달려갔다.

"……귀찮으면 그냥 이름만 올려놔도 돼. 월급도 챙겨주고, 내가 알아서 할 테니."

찬우가 현수를 향해 입을 벙긋거렸다. 막간의 어둠처럼 깊고 아득한 틈을 사이에 두고 서로 차원이 어긋난 세상에 있는 것처럼 찬우의 목소리가 잘 들리지 않았다.

소독약을 뿌려야겠네.

현수는 고개를 들고 천장을 바라보며 중얼거렸다. 형광등 주변에 늘어진 거미줄이 두 개나 눈에 띄었다. 벽과 출입문의 먼지를 닦아내면서 머리 위 천장은 신경을 못 썼다. 지금 당장 할 일은 누수를 해결하는 거였다. 현수는 자리에서 몸을 일으켰다. 오른발을 뒤로 디디고 걸상 옆으로 나오는 순간 왼쪽다리에 마비증상이 왔다. 근육이 칡처럼 딱딱해지면서 뒤틀리듯 통증이 시작됐다. 찬우가 휴대폰을 주머니에 넣으며 일어섰다.

"계약서는, 나중에 사인해서 줘도 되고… 아참, 내 전화번호는 알고 있나?"

"잠시만요."

현수는 호흡을 조절하면서 발목을 앞으로 가볍게 꺾었다가 폈다. 발가락은 움직일 수 있었다. 심한 건 아니었다. 탁자를 짚고 기우뚱하게 서서 뒤틀린 근육이 풀리길 기다리며 찬우에게 말했다.

"잠시 위에 갔다 올 테니 기다려 주실래요. 갔다 와서 몇 가지 여쭤보고 대답할게요."

찬우가 주머니에 넣었던 휴대폰을 꺼내 시간을 확인했다. 글자가 잘 보이지 않는지 눈을 찌푸렸다.

“그래? 그렇다면… 그동안 내가 잠깐 볼까. 물이 샌다고?”

찬우가 슈트 상의를 벗어 의자 등받이에 각을 잡아 걸었다. 현수는 찬우가 소매를 걷으면서 화장실에 들어가는 것을 보고 지하실에서 나왔다. 그라인더를 작동하는 소리가 들렸다. 안전덮개를 어디서 분실했는지 찾을 수 없어 경술도 그라인더는 손에 잡지 않는데 혹시 몰라 가지고 내려왔던 것이다.

그라인더 소리가 곧 멈추고 벽을 두드리는 망치 소리가 들렸다. 지하실을 나온 현수는 문을 닫고 잠시 그 자리에 서 있었다. 우두커니 서서 안에서 들려오는 소리를 들었다. 탕 탕 탕 탕… 산화예불에서 들었던 목탁 소리처럼 고저장단 없이 내리치는 망치질 소리를 들으며 서 있다가 지하실 계단 뒤쪽으로 갔다.

계단 아래 컴컴한 바닥에 화분이 그대로 있었다. 말라 죽은 화초와 잡석들을 헤치자 자물쇠가 나왔다. 예전 장씨 아저씨가 쓰던 자물쇠였다. 우롱차와 동방미인 같은 고급제품을 창고에 보관했던 장씨 아저씨는 문밖에도 따로 자물쇠를 잠가 단속을 철저히 했다. 망치질 소리가 들리다가 멈췄다. 현수는 잠시 기다렸다가 안에서 다시 탕탕 소리가 들리는 순간 문고리에 건 자물쇠를 힘껏 눌렀다. 철컥, 소리가 나고 잠시 후 그라인더 날이 돌아가는 소리가 날아왔다.

지하도시 데린쿠유

철공소에는 다솜 혼자뿐이었다. 다솜은 자기 집에서 가져온 파란 플라스틱 소쿠리를 들고 까뮈와 복들이 앞에 앉아 있었다. 까뮈와 복들이가 소쿠리 안에 뛰어들도록 꾀는, 다솜이 좋아하는 장난이었다.

"다들 송화관에 갔어요. 은주언니가 탕수육 쏜대요."

어딜 간다는 말도 없이 나갔다가 늦게 온 현수에게 삐쳤지만 이번만큼은 넘어가 준다는 표정으로 다솜이 말했다.

"왜 그러고 서 있어요? 어디 아파요?"

낯선 방에 들어온 사람처럼 뻣뻣하게 서 있던 현수는 다솜을 향해 걸어갔다. 다솜이 다른 사람들과 같이 나가지 않고 자신을 기다려준 것이 고마웠다. 다솜이 철공소에 없었다면, 이 순간 현수는 몹시 쓸쓸했을 것이다. 다솜이 두 팔을 벌린 채 다가오는 현수를 쳐다보았다. 현수가 다솜을 덥석 안았다.

"숨 막혀."

현수한테 묻혀 있던 다솜이 중얼거렸다.

"고마워."

다솜을 껴안은 현수는 눈을 감고 말했다.

"심장이 막 터질 것 같아."

다솜이 말했다. 현수가 다솜의 등에서 손을 풀며 겸연쩍게 웃었다.

"방금 오빠, 아서 왕 같았어요."

"아서 왕? 내가?"

"아서 왕이 자신을 걱정하는 부하를 안았다가 질식사시켰잖아요."

현수는 그런 이야기는 처음 듣는다는 표정으로 볼을 부풀렸다. 다솜이 웃었다. 현수가 볼을 부풀리고 눈을 끔벅거리면 다솜은 어김없이 웃음을 터뜨렸다. 다솜은 현수가 선량하고 믿음직한 곰 같다고 했다. 돼지만 아니면 어떤 동물을 갖다 대도 현수는 상관없었다.

"아서 왕이 갑옷으로 무장한 채 꿇어앉아 밤을 새워 기도를 했대요. 다음 날 주류담당관 뤼캉이 왕의 초췌한 모습에 눈물을 쏟았죠. 자신을 걱정해서 우는 걸 보고 아서왕이 자리에서 일어나 뤼캉을 안았어요. 부하를 사랑하는 뜨거운 왕의 마음으로 안은 건데, 뤼캉은 고만 심장이 터지고 말았대요."

"힘 조절이 그렇게 안 되나?"

현수의 말에 다솜이 다시 웃음을 터뜨렸다. 다솜의 웃음소리를 들으니 가슴에 꽉 차 있던 불안이 씻겨나가는 것 같은데, 마음 한구석은 물탱크가 들어앉은 듯 무거웠다.

"아서 왕은 원래 곰이었대요. 우리나라 웅녀처럼. 그쪽 민족한테 곰은 신이니까 아서 왕을 그만큼 신격화한 거겠죠. 암튼 신들의 사랑은 그 운명을 예측할 수가 없어. 무자비하기도 하고."

인간의 사랑도 마찬가지야.

세라의 사랑을 감정적 폭력이라 치부했던 찬우와 그런 찬우를 끌어안고 산 세라를 떠올리며 현수가 웅얼거렸다. 모든 사랑이 다 그렇게 무자비한 속성을 숨기고 있는지도 몰랐다. 그 어떤 운명의 신이 있어 검푸른빛의 반투명 구슬을 너무 가까운 데서 너무 세게 던졌다 해도, 운명이 열 살의 어린 현수에게만 무자비했던 것은 아닐 것이다.

"근데 오빠, 아까부터 왜 그렇게 손을 떨어."

"어… 그러네. 이거 왜 이러지."

현수는 심하게 떨고 있는 오른손을 왼손으로 붙잡았다. 그래도 계속 떨렸다. 부르르 떨리는 오른손을 왼팔 겨드랑이에 끼웠다. 강력 배터리를 끼운 듯 몸에 진동이 전해졌다. 현수는 옆에 있는 의자에 털썩 주저앉았다. 어떤 경고가 현수의 몸 안에서 와아와아 밀려 나왔다.

"무슨 일 있어요?"

다솜이 물었다. 현수는 얼이 빠진 사람처럼 다솜을 쳐다보았다. 태생적으로 무딘 듯이 살면서 현수는 자신의 상처를 예민하게 의식하고 누군가에게 늘 호소했던 것인데, 어쩐지 그게 창피해서 아닌 척 모른 척해왔다. 여전히 창피하긴 한데 작고 단단한 손으로 떨리는 손을 꼭 잡아주는 다솜한테는 말해도 괜찮을 것 같았다.

"지하실에 누가 있어."

현수가 말했다.

"여기 지하실에요? 누가요?"

"그게……."

현수의 초점이 흐려졌다. 지하실에 있는 사람이 누군지 모르겠다는 듯 난감한 표정을 짓고 있는 현수를 보며 다솜의 눈에 염려가 어렸다. 현수가 고개를 저으며 변명하듯 웃었다. 자신이 저질러놓은 일에 다솜을 끌어들여서는 안 될 것이다.

"아리에티."

박은주의 맥북 모니터였나. 며칠 전 아리에티를 띄워놓은 장면을 본 게 기억났다.

"마루 밑 아리에티?"

현수가 어깨를 으쓱하자 다솜이 웃음을 터트렸다.

"뭐야, 놀랐잖아."

"전쟁이나 재난이 발생하면 사람들은 보통 지하로 숨어들잖아. 아리에티 가족처럼 마루 밑으로 들어가기도 하고… 세상에서 제일 큰 방공호가 어딘지 알아?"

"데린쿠유."

다솜이 일 초도 망설이지 않고 말했다.

"어떻게 알았어?"

현수가 놀라서 물었다.

"오빠 카페 이름이 데린쿠유잖아. 현수의 지하도시, 데린쿠유!"

현수는 자신의 카페 이름을 얼마 전 '지하도시, 데린쿠유'로 바꿨다. 우물을 키워드로 검색하다 데린쿠유를 알고 나서였다. 그때까지 카페 이름은 '현수의 비밀 동굴'이었다. 동굴 속에 먹이를 쟁이듯 현수의 손에 들어온 세상의 조각들을 묻어두는 비공개 카페에 '지하도시, 데린쿠유'는 썩 잘 어울리는 이름이었다. 둔내리에서 돌아온 날 밤, 현수는 다솜을 비공개 카페에 초대했다. '지하도시, 데린쿠유'가 두 사람의 주민을 갖는다는 게 어떤 의미인지 그때는 생각지 못했다. 연애를 하면서 뒷일을 생각하기란 어려운 법이다.

"다솜아, 오늘 너랑 같이 있고 싶다."

현수가 말했다. 다솜이 큼직한 앞니로 아랫입술을 물고 현수를 쳐다보았다. 놀란 표정은 아니었다. 정작 놀란 사람은 다솜이 아니라 현수였다. 말을 꺼낸 순간 현수는 자신이 늘 수치스럽게 여겼던 뚱뚱한 몸을 의식하지 않았다는 것을 깨달았다.

"떨려서 그래. 내가 오늘… 힘든 일을 처리하고 있어."

"힘든 일을 왜 혼자 해."

다솜이 말했다.

"그러니까 같이 있어줘."

현수가 말했다.

"오늘은 지금까지 나를 괴롭혔던 유령들을 처리하는 날이야. 밤새 싸움을 하게 될지도 몰라. 마음이 약해지면… 너랑 같이 있으면 괜찮을 것 같아."

다솜이 골똘한 눈길로 현수를 바라보더니 고개를 크게 한 번 끄덕였다. 무슨 말을 하는지 모르겠지만 더는 묻지 않겠다는 다솜의 눈빛에 현수는 마음이 한결 푸근해졌다. 둘은 마주보며 서로의 표정을 살피다 웃음을 터뜨렸다.

"고마워. 내가… 그러니까, 고맙다고."

현수는 다솜의 손을 잡고 자리에서 일어섰다. 어떤 진실은 구구절절 늘어놓는 것보다 덮어두는 편이 나았다. 무엇보다 현수는 유령들의 등쌀에서 벗어나고 싶었다.

*

날이 밝으면서 창밖이 휘부윰했다. 몸에 남아 있는 달달한 느낌은 그대로인데 정신이 또렷해졌다. 현수는 천장과 벽지와 창문을 둘러보았다. 작은 냉장고에서 나는 위잉, 소리에 현수는 눈을 질끈 감았다. 그라인더 날이 튕겨 얼굴을 찍는 장면이 눈앞을 스쳤다. 현수는 신음을 삼켰다. 누가 됐든 고통스러워하는 모습을 보고 싶지 않았다. 그럴 일은 없을 것이다. 여기는 지하실이 아니라 고시원 건물이 몰려 있는 골목 안 여관이었다. 현수 옆에는 다솜이 잠들어 있었다. 동그란 이마에 머리

카락이 흩어진 다솜의 얼굴을 보면서 현수는 조심스럽게 숨을 내쉬었다.

현수와 다솜은 새벽 여섯 시에 골목여관에서 나왔다. 새벽과 아침이 교차하는 4월 첫날의 공기는 자잘한 얼음알갱이가 섞인 듯 차가웠다. 현수는 해가 뜬 다음에 밖으로 나가자고 했는데 다솜이 여관에 불이라도 난 것처럼 서둘렀다. 다솜은 현수에게 직접 그려서 보여준 꼬마 야수처럼 심통이 난 척하고 있었다. 골목을 걸어 나오며 두 사람은 서로 부끄러워했다. 그 때문에 비죽비죽 웃음이 나올까 봐 심통이 난 척하는 것을 알고 있었으므로 현수는 속으로 웃었다.

현수와 다솜은 정류장 앞 편의점에서 따뜻한 두유를 앞에 놓고 나란히 앉아 거리를 내다보았다. 거리는 늘어나는 사람들과 차들로 잠깐잠깐 사이에 풍경이 바뀌었다. 풍경을 바꾸는 건 사람과 차와 가로수와 건물들만이 아니었다. 구름과 바람과 공기 속으로 스며드는 햇살과 건물 유리창에 반사되는 하늘과 먼지, 이파리 사이로 넘나드는 빛과 그늘이 시시로 서로를 간섭하면서 풍경을 이루었다. 개중 어떤 것들은 눈에 잡히는 게 아니라 머릿속에서 그려졌다. 착시처럼, 어떤 것들에 대해서는 속아 넘어가 주는 게 자연스러웠다.

"사람이나 풍경이나 적당한 거리에서 시간을 두고 보는 게 좋은 것 같아."

거리에 눈길을 둔 채 현수가 말했다.

"얼마큼이 적당한 거리인데?"

현수가 생각 없이 한 말에 다솜이 약간 뾰족한 투로 물었다.

"적당한 거리는, 글쎄, 서로 상처를 줄 수 없는 거리겠지."

다솜이 입술을 삐죽 내밀었다.

"그건 무지무지 먼 거리야. 상처를 줄 수 없는 거리는 상처를 입었을 때 도와줄 수도 없는 거리잖아."

풍경 속 어디선가 그라인더 날이 돌아가는 소리가 날아왔다. 현수가 숨을 훅 들이켰다.

"내가 요즘 변한 거 같지?"

현수가 물었다. 다솜은 두유를 내려놓고 입가를 꼼꼼하게 닦았다.

"나, 물어볼 게 있어."

"응, 뭐?"

"진작 물어보려고 했는데… 그저께부터 데린쿠유 카페 글이 안 보여. 카테고리 제목도 안 보이고… 왜 그렇지?"

"아, 미안! 거기 카테고리를 전부 비공개로 잠갔어."

글을 다 지워버렸다고 하는 게 간단할 테지만, 다솜에게 거짓말을 하고 싶지 않았다.

"음, 나 좀 황당하려구 그런다."

서운함이 밴 목소리로 다솜이 말했다.

"오빤 내가 그 카페에 들어가는 게 싫구나?"

"그게……."

그렇긴 했다. 다솜이 현수가 쓴 글을 읽으면서 카페를 돌아다니는 게 편치 않았다. 그곳은 말하자면 현수의 대나무숲이고, 대나무숲의 그림자가 드리워져 입구를 가려놓은 우물 같은 데였다. 어둡고 차갑고 축축한 그런 곳에 다솜을 끌어들인 건 실수였다. 현수는 다솜이 오직 맑고 밝고 따뜻한 양지의 사람이기를 바랐다.

"현수 오빠, 벌써 마음 변하고 막 그런 거야?"

"무슨 말도 안 되는 소리. 그런 거 아냐. 이게 내 일기장이나 마찬가지잖아. 진짜 창피한 내용도 적어놓고 그랬는데 다솜이 그걸 읽는 게 나 막 신경 쓰인단 말이야."

현수는 다솜의 말투를 흉내 내며 달랬다.

"그럼 마음 변하고 그런 거 아니지?"

"절대, 절대 아니지."

현수를 꼼짝달싹 못하게 만들어놓고서 다솜은 일곱 시쯤 버스를 타고 집으로 갔다. 다솜이 떠나고 풍경이 문득 팔 너비만큼 물러났다. 현수는 조금 전보다 자신이 보잘것없는 인간으로 느껴졌다. 변할 일이 절대 없다고 다솜을 안심시켰지만 현수는 자신이 조금씩 변하고 있다고 생각했다.

지하실 계단은 아침인데도 어둑어둑했다. 현수는 샌드위치와 커피가 든 편의점 봉지를 왼손에 옮겨 쥐고 지하계단을 내려갔다. 지하실 문은 어제 오후 현수가 잠가놓은 상태 그대로였다. 손잡이를 잠시 내려다보던 현수는 계단을 두 칸 올라가 환기창을 열었다. 나무가 삭아서 삐걱삐걱 소리가 났다. 창턱에 편의점 봉지를 올려놓고 그대로 계단을 밟아 올랐다. 현수는 서너 칸 올라서던 걸음을 멈췄다. 환기창 여는 소리를 들었을 텐데, 안에서 인기척이 없었다. 잠이 들었나. 현수는 계단을 도로 내려가 지하실 문을 두드렸다. 안에서는 아무 소리가 들리지 않았다. 한 번 더 두드리고 잠시 기다렸다. 사방이 조용했다. 자물쇠를 흔들었다. 분명히 잠겨 있었다.

현수는 계단 밑에 넣어둔 화분을 끌어내어 마른 화초와 잡석을 헤쳤다. 열쇠가 보이지 않았다. 현수는 허리를 펴고 다시 지하실 문을 두드렸다. 역시 기척이 없었다. 현수는 화분을 들고 거꾸로 뒤집어 흔들었다. 흙뭉텅이가 바닥에 떨어지며 퍽 깨지는 소리를 냈다. 쿵쿵하고 고약한 냄새가 풍겼다. 현수는 흙뭉텅이를 발로 밟아서 으깼다. 어둑한 공기를 타고 흙가루 먼지가 얼굴에 덮쳤다. 현수는 계단참까지 뛰어 올라갔다가 도로 내려왔다. 감지등이 켜져 있는 동안 부서진 흙덩이를 손으로 헤집고 더듬었다. 열쇠가 잡혔다.

지하실 안은 컴컴했다. 현수는 문 옆을 더듬어 스위치를 올렸다. 찬우는 보이지 않았다. 불빛 속에서 지하실이 낯설게 느껴졌다. 현수는 지하실을 빠른 걸음으로 가로질러 탕비실과 창고를 들여다보고 화장실로 갔다. 화장실 구석에 놔둔 공구가방이 보였다. 그라인더와 다른 공구들이 가방 안에 가지런히 정돈되어 있었다. 타일 사이가 눅눅했던 벽에는 농구공만 한 구멍이

뚫려 있고 방수테이핑을 해놓은 배관이 보였다. 주변 벽을 손으로 더듬었다. 벽은 말라 있었다.

화장실에서 나온 현수의 눈길이 창문에 가닿았다. 저 창문을 떼고 빠져나간 뒤 다시 끼워놓은 거라면… 현수는 고개를 저었다. 송찬우가 창문턱으로 뛰어올라 몸을 빼낸 뒤 계단 위에 착지를 하는 건 불가능했다. 몸을 반쪽으로 자르지 않은 다음에야.

어디로 갔을까. 잠가놓은 문을 따고 나갈 수는 없었을 텐데.

보이지 않는 송찬우의 존재가 이 공간 어딘가에 숨어 있기라도 한 것처럼 현수는 소리를 내어 중얼거렸다.

숨어들 방이 있으면 솟아날 구멍도 있는 거지. 놀랄 거 없어.

빈정거리는 것도 같고 다독거리는 것도 같은 찬우의 음성이 바로 옆에서 울렸다. 미세한 숨결이 스친 듯 목덜미가 근질거렸다. 송찬우는 스스로 이곳에 나타났다가 스스로 사라졌다. 달라진 건 없었다. 현수는 주변을 두리번거렸다. 천장에서 늘어뜨려진 거미줄도 그대로였다. 모든 게 그대로인데 지하실이 텅 빈 느낌이었다. 문득 현수의 눈이 커졌다.

현수는 창고 쪽으로 급히 갔다. 뒷문이 있던 곳 아래 자잘한 합판 쪼가리가 흩어져 있고 쥐가 파놓은 듯한 구멍이 있었다. 예전에 장씨 아저씨가 문손잡이를 떼어내고 합판으로 막아놓은 문이었다. 현수는 구멍에 손을 넣어 앞으로 힘껏 당겼다. 틈이 벌어지면서 문이 열렸다. 현수는 무릎을 구부리고 앉은 채 저도 모르게 웃음소리를 냈다.

지하실 불을 끄고 나가려던 현수는 걸음을 멈춰 섰다. 그 자리에 서서 현수는 귀를 기울였다. 물이 고이듯 침묵이 고였다. 이 건물 어느 곳에선가는 여전히 누수가 되고 있을 것이고, 침묵은 그것들과 섞여 흘러나갈 터였다. 그 모든 것들이 흘러가는 통로를 따라 검푸른 빛의 물결이 흐르고 있었다. 현수는 지하실을 나와 문을 닫았다.

작가의 말

3년 전 생계로 하던 일들을 끊었다. 혼자 하는 서울살이에서 일을 끊는 건 인간관계의 단절과 사회적 고립을 자초하는 짓이지만 그렇게 했다. 내 체력으로 일을 하면서 글을 쓰는 건 불가능했다.

쓰고 싶은 게 있었다. 비문증과도 같이 마음속을 떠다니는 것들, 들여다보려 하면 깜박 사라져 숨어버리는 정체불명의 어떤 것들에 대해 쓰고 싶었다. 무형의 상처를 낙인으로 찍으며 고통의 느낌만 몸 안에 흘려보내는 저 질긴 것, 기억들이 있었다. 숨어 있으되 꺼내주길 기다리는 기억과 말을 끄집어내고 싶었다.

볼 빨간 사춘기나 심장이 팔팔하고 뜨거운 20대라면 모를까, 50대도 중반을 지난 나이에 곤두박질쳐대는 말의 수인들을 가두고 있다는 건 곤란하고 고마운 일이었다. 함부로 풀어놓을 수는 없었다. 타협을 봐야 할 시점이었다. 형상을 갖추어 준 뒤에라야 타협을 보든 뭘 하든 할 수가 있었다. 쓰고 싶은 게 있었던 게 아니라 써야만 하는 무엇이 있었던 게다.

스스로를 고립시키고, 소설이라는 배에 내 전 존재를 실어 세상에 띄워보리라 각오는 대단했지만 나는 노트북 앞에서 두 달

가까이 부글거리기만 했다. 기억의 통로에는 잡생각이 끼어들었고, 나도 잘 모르는 마음속 두려움이 눈꺼풀을 닫듯 통로를 막았다. 오래된 슬픔과 분노와 서러움의 기억들은 부글거리며 괴어오르다 꺼지고 부글거리다 꺼지곤 했다.

포기는 안 했다. 아침에 일어나면 오늘 하루의 통증을 없애줄 약을 한줌 털어 넣고 도서관으로 갔다. 오전에는 책을 읽었다. 구내식당에서 밥을 먹고 오후에 글을 썼다. 글이 되든 안 되든 자리를 지켰다. 도서관 디지털실이 문을 닫는 저녁 6시에 가방을 챙겨 나왔다. 한 시간에서 두 시간 정도 한강으로 연결되는 홍제천을 걷거나 경의선 숲길을 걸었다.

경의선 숲길의 시작점인 책거리를 지날 때면 '읽고 쓰고 걸었다. 보람된 하루였다'는 글귀를 적어놓은 책방 창문에 매번 눈길이 머물렀다. 나 역시 하루하루를 읽고 쓰고 걸으면서 이 소설을 썼다. 쓰고 고치고 다시 쓰고 고쳤다. 소설의 시간과 일상의 시간이 손을 잡고 흐르는 것처럼 편안해졌다. 나는 조금씩 더 솔직해졌고 고여 있던 시간 속의 나와 손을 맞잡았다. 서로를 맞잡고 끌고 끌리며 싸웠고, 나를 못살게 굴던 것들을

현실 속으로 끌어냈다.

고백건대 결말을 향해 가면서 용서와 화해로 방향을 트는 것이 쉽지 않았다. 마음의 사지를 꺾는 결단에 응원을 보내준 남상순 선생님께 이 자리를 빌려 감사를 드린다. 소설에 대한 열정을 잃지 않도록 격려해주신 동인의 조동선 선생님과 문우들에게도 고마움을 전한다.

2017년 봄을 보냈던 '글을낳는집'이 생각난다. 마당으로 창이 난 방에서 영양가 많은 세 끼 밥상을 받으며 세상 편하게 글을 썼다. 감사한 일이다. 글을 쓰는 동안 후배이며 벗인 한은희에게 받은 위로가 힘이 됐다. 본인은 몰랐겠지만 아슬아슬하게 살고 있던 나를 몇 번인가 금 안으로 끌어들였다.

소설집 『내게 없는 미홍의 밝음』에 이어 이번 소설 『데린쿠유』까지 맡아서 애써준 윤은미 편집자와 책을 내자고 제안해준 산지니 출판사에 진심으로 감사드린다.

답답할 정도로 도덕적이었고 경위 바르게 인생을 꾸려온 두 분, 엄마와 아버지에게 사랑과 고마움을 담아 이 책을 바친다.

안지숙

1961년 부산에서 태어났다. 오랫동안 문화기획사에서 일하며 여러 책을 집필했고, 실제 생존자와 사망자의 가족 이야기를 다룬 기록 『1995년 서울, 삼풍』을 공저했다. 2016년 비정규직 인생으로 살아온 애환을 담은 소설집 『내게 없는 미홍의 밝음』을 냈다. 앞으로도 꾸준히 읽고 생각하고 쓸 예정이다. 현재 두 번째 장편소설을 집필 중이다.

:: 산지니 · 해피북미디어가 펴낸 큰글씨책 ::

문학

보약과 상약 김소희 지음
우리들은 없어지지 않았어 이병철 산문집
닥터 아나키스트 정영인 지음
팔팔 끓고 나서 4분간 정우련 소설집
실금 하나 정정화 소설집
시로부터 최영철 산문집
베를린 육아 1년 남정미 지음
유방암이지만 비키니는 입고 싶어 미스킴라일락 지음
내가 선택한 일터, 싱가포르에서 임효진 지음
내일을 생각하는 오늘의 식탁 전혜연 지음
이렇게 웃고 살아도 되나 조혜원 지음
랑(전2권) 김문주 장편소설
데린쿠유(전2권) 안지숙 장편소설
볼리비아 우표(전2권) 강이라 소설집
마니석, 고요한 울림(전2권) 페마체덴 지음 | 김미헌 옮김
방마다 문이 열리고 최시은 소설집
해상화열전(전6권) 한방경 지음 | 김영옥 옮김
유산(전2권) 박정선 장편소설
신불산(전2권) 안재성 지음
나의 아버지 박판수(전2권) 안재성 지음
나는 장성택입니다(전2권) 정광모 소설집
우리들, 킴(전2권) 황은덕 소설집
거기서, 도란도란(전2권) 이상섭 팩션집
폭식광대 권리 소설집
생각하는 사람들(전2권) 정영선 장편소설
삼겹살(전2권) 정형남 장편소설
1980(전2권) 노재열 장편소설
물의 시간(전2권) 정영선 장편소설
나는 나(전2권) 가네코 후미코 옥중수기
토스쿠(전2권) 정광모 장편소설
가을의 유머 박정선 장편소설
붉은 등, 닫힌 문, 출구 없음(전2권) 김비 장편소설
편지 정태규 창작집
진경산수 정형남 소설집
노루똥 정형남 소설집
유마도(전2권) 강남주 장편소설
레드 아일랜드(전2권) 김유철 장편소설
화염의 탑(전2권) 후루카와 가오루 지음 | 조정민 옮김
감꽃 떨어질 때(전2권) 정형남 장편소설
칼춤(전2권) 김춘복 장편소설
목화-소설 문익점(전2권) 표성흠 장편소설
번개와 천둥(전2권) 이규정 장편소설
밤의 눈(전2권) 조갑상 장편소설
사할린(전5권) 이규정 현장취재 장편소설
테하차피의 달 조갑상 소설집
무위능력 김종목 시조집
금정산을 보냈다 최영철 시집

인문

엔딩 노트 이기숙 지음
시칠리아 풍경 아서 스탠리 리그스 지음 | 김희정 옮김
고종, 근대 지식을 읽다 윤지양 지음
골목상인 분투기 이정식 지음
다시 시월 1979 10 · 16부마항쟁연구소 엮음
중국 내셔널리즘 오노데라 시로 지음 | 김하림 옮김
파리의 독립운동가 서영해 정상천 지음
삼국유사, 바다를 만나다 정천구 지음
대한민국 명찰답사 33 한정갑 지음
효 사상과 불교 도웅스님 지음
지역에서 행복하게 출판하기 강수걸 외 지음
재미있는 사찰이야기 한정갑 지음
귀농, 참 좋다 장병윤 지음
당당한 안녕-죽음을 배우다 이기숙 지음
모녀5세대 이기숙 지음
한 권으로 읽는 중국문화 공봉진 · 이강인 · 조윤경 지음
차의 책 The Book of Tea
오카쿠라 텐신 지음 | 정천구 옮김
불교(佛敎)와 마음 황정원 지음
논어, 그 일상의 정치(전5권) 정천구 지음
중용, 어울림의 길(전3권) 정천구 지음
맹자, 시대를 찌르다(전5권) 정천구 지음
한비자, 난세의 통치학(전5권) 정천구 지음
대학, 정치를 배우다(전4권) 정천구 지음